पेंगुइन स्वदेश

नागमणि

अमृता प्रीतम पंजाबी के सबसे लोकप्रिय लेखकों में से एक थी। अमृता प्रीतम का जन्म 1919 में गुजरांवाला पंजाब (भारत) में हुआ। उनका बचपन लाहौर में बीता और शिक्षा भी वहीं हुई। किशोरावस्था से उन्होंने लिखना शुरू किया। उन्होंने सौ से अधिक कविताओं की किताब लिखी, साथ ही फिक्शन, बायोग्राफी, आलेख और आटोबायोग्राफी लिखकर साहित्य में नया मुकाम हासिल किया। इनकी तमाम पुस्तकों का कई भारतीय भाषाओं सहित विदेशी भाषाओं में भी अनुवाद हुआ। अमृता प्रीतम पहली महिला लेखिका हैं, जिन्हें 1956 में साहित्य अकादमी पुरस्कार मिला। 1982 में उन्हें *काग़ज़ ते कैनवास* के लिए ज्ञानपीठ पुरस्कार मिला। 2004 में पद्मविभूषण भी प्रदान किया गया।

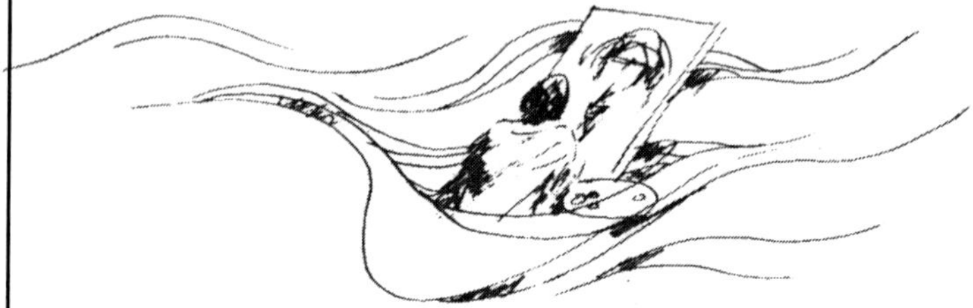

नागमणि

अमृता प्रीतम

पेंगुइन स्वदेश
पेंगुइन रैंडम हाउस इंप्रिंट

पेंगुइन स्वदेश

यूएसए। कनाडा। यूके। आयरलैंड। ऑस्ट्रेलिया। सिंगापुर
न्यू ज़ीलैंड। भारत। दक्षिण अफ्रीका। चीन

पेंगुइन स्वदेश, पेंगुइन रैंडम हाउस ग्रुप ऑफ़ कंपनीज़ का हिस्सा है,
जिसका पता global.penguinrandomhouse.com पर मिलेगा

पेंगुइन रैंडम हाउस इंडिया प्रा. लि.,
चौथी मंज़िल, कैपिटल टावर-1, एम जी रोड,
गुरुग्राम 122 002, हरियाणा, भारत

पेंगुइन
रैंडम हाउस
इंडिया

प्रथम हिन्दी संस्करण हिन्द पॉकेट बुक्स द्वारा 1996 में प्रकाशित
प्रस्तुत हिंदी संस्करण पेंगुइन स्वदेश में पेंगुइन रैंडम हाउस द्वारा 2026 में प्रकाशित

10 9 8 7 6 5 4 3 2

ISBN 9789353495749

मुद्रक : रेप्रो इंडिया लिमिटेड

www.penguin.co.in

FSC www.fsc.org
MIX
Paper from
responsible sources
FSC® C047271

नागमणि

इस उपन्यास की अलका के नाम!

एक

बत्ती के चारों तरफ पीतल की छलनी जैसा खोल चढ़ा हुआ था। कुमार जब भी इस बत्ती को जलाता, बत्ती की रोशनी पीतल के सुराखों में से दूध की धाराओं की तरह बहने लगती जिससे कमरे की दीवारें और कमरे का फर्श रोशनी से छिटका हुआ दिखता। यह बत्ती कमरे की छत में लगी हुई थी। दूसरी बत्ती कुमार की मेज़ पर लगी हुई थी। बत्ती के माथे पर पीतल का एक ढक्कन लगा हुआ था जिससे छितराकर इस बत्ती की रोशनी मेज़ पर रखे हुए शीशे के प्याले में उंड़लती थी, और प्याला हर समय छलकता हुआ दिखाई देता। कुमार जब कुछ सोच रहा होता तो उसके मेज़ की बत्ती बुझी हुई होती, और छत की बत्ती जल रही होती थी। पीतल के सैकड़ों सुराखों में से छितराती हुई बत्ती की रोशनी जिस तरह सैकड़ों अलग-अलग धाराओं में बंटी हुई होती थी, कुमार के खयाल भी सैकड़ों अलग-अलग लकीरों में चलते थे। पर जब कभी उसके मन में ये लकीरें जुड़ जातीं तो वह छत की बत्ती बुझाकर मेज ही बत्ती जला देता था। रोशनी एक की जगह जमा होकर शीशे के प्याले को भरने लगती, और कुमार के मन में जुड़ी हुई तस्वीर उसके सामने पड़े हुए कागज़ों पर उतरने लगती।

आज कुमार पिछले तीन घंटों से अपनी मेज़ पर सिर झुकाए काम में जुटा हुआ था। अलका ने मेज़ के पास रखे हुए स्टूल पर कॉफी का प्याला रखते हुए धीरे से चम्मच को खानखनाया ताकि कुमार को मालूम हो जाए कि उसने कॉफी का प्याला रख दिया था। पर कुछ मिनटों बाद अलका ने देखा कि कॉफी का प्याला उसी तरह रखा हुआ था, और कुमार उसी तरह मेज़ पर सिर झुकाकर काम में जुटा हुआ था।

अलका ने मुंह से कुछ कहे बगैर प्याले को थोड़ा-सा सरका दिया। कुमार ने प्याले की ओर इस तरह देखा कि जैसेकि खिड़की में आती हुई हवा से खिड़की की सांकल हिलने की आवाज़ आई हो। सांकल जैसे स्थिर हो गई

हो, और कुमार का ध्यान फिर जैसे अपनी मेज़ पर केन्द्रित हों गया हो।

अलका को कुमार के स्टूडियों में आकर सीखते हुए छः महीने होने को आए थे; और अलका को छः महीने में नहीं, पहले महीने में ही मालूम हो गया था कि जिस समय कुमार काम करता हों, अलका की कही हुई किसी बात में, या प्याले के चम्मच में, अथवा खिड़की की सांकल में कोई अन्तर नहीं रहता। इसलिए अलका मुंह से कुछ न बोली।

करीब आधे घंटे के बाद कुमार ने मेज़ से सिर उठाया। जब वह बहुत थक जाता तो उसके माथे पर एक नाड़ी उभर आती। इस नाड़ी का कसाव उसकी आंखें भी महसूस करतीं। उसने एक मिनट आंखें बन्द कीं, और फिर माथे की नाड़ी को अपने पोरों से सहलाते हुए उसने अलका की ओर देखा, "कॉफी का एक प्याला मिलेगा?"

अलका ने स्टूल पर रखे हुए प्याले का उठाया, और कमरे से सटे हुए छोटे बरामदे में चली गई। रसाई कुछ दूर पड़ती थी, इसलिए कुमार ने चाय बनाने का सामान बरामदे में रख छोड़ा था। चूल्हे पर पानी रखकर अलका ने प्याले की ठण्डी कॉफी को गिरा दिया और प्याला धोने लगी।

गर्म कॉफी का प्याला लेकर अलका जब लौटकर कमरे में आई तो कुमार मेज़ पर के कागज़ को ध्यान से देख रहा था।

"आज इतनी खुशबू कहां से आ रही है?" कुमार ने इस तरह पूछा जैसे वह खुशबू को नज़र गड़ाकर ढूंढ़ रहा हो।

अलका ने भी तस्वीर की ओर गर्दन घुमांई, और फिर तस्वीर की लड़की के बालों में टंगे हुए फूलों की ओर देखती हुई कहने लगी, "इन फूलों से आ रही होगी!"

अलका के हाथ से कॉफी का प्याला पकड़ते हुए कुमार खिलखिलाकर हंस पड़ा, "अभी मैंने अपना होश इतना नहीं खोया कि कागज़ पर बनाए हुए फूलों में से मुझे खुशबू आने लगे!"

अलका चुप साधे रही। उसने दीवान के पाये के पास खड़ी हुई चौकी की ओर देखा, जैसे कह रही हो कि इतनी होश ज़रूर जाती रही है कि कमरे में पड़े हुए ताज़े फूल अभी तक दिखाई नहीं दिए थे। ये फूल अलका ने सुबह आते ही कमरे में लगा दिए थे।

"ओह..." कुमार ने होश में होने का दावा वापस ले लिया, और कॉफी का गर्म घूंट भरते हुए कहने लगा, "पर यह आदत नहीं डालनी चाहिए थी!"

"कैसी आदत?"

"कॉफी की आदत... फूलों की आदत... फूलों की आदत..."

"और?"

"पैसे की आदत...शोहरत की आदत...औरत की आदत..."

"और अपने-आपकी आदत?"

"क्या मतलब?"

"अपने-आपकी आदत भी नहीं डालनी चाहिए। कभी किसी माइकेल ऐंजेलो को माइकेल ऐंजेलो रहना चाहिए, और कभी उसे बाज़ार के एक कोने में बैठा हुआ हलवाई भी बन जाना चाहिए। कभी नमक-तेल बेचने वाला बनिया, और कभी पान-बीड़ी बेचनेवाला..."

कुमार हंस दिया, "तुम समझ नहीं पाई हो अलका! एक आपने-आपकी आदत-भर के लिए बाकी कोई आदत नहीं डालनी चाहिए। मैं सोचता हूं कि अपने-आपकी पूरी आदत केवल तभी पड़ सकती है जब आदमी बाकी आदतों से मुक्त हो जाए।"

"यह मैं मानती हूं। पर मेरे विचार में शोहरत और औरत में बहुत फर्क होता है।"

"किसी आदत और आदत में कोई अन्तर नहीं होता... मैं एक बार..."

"चुप क्यों हो?"

"तुम्हारी जगह अगर कोई दूसरी लड़की होती तो मैं शायद चुप रहता। किसी को भी कुछ बताने की मुझे कभी ज़रूरत नहीं पड़ी। ज़रूरत अब भी कोई नहीं। पर शायद बताने में कुछ हर्ज नहीं तुम मुझे गलत नहीं। समझोगी।"

"मुझे भी खुद पर भरोसा है।"

"मैं यह बताने चला था कि एक बार मुझमें ऐसी भूख जगी कि मैं कई दिन सो न सका। वह सिर्फ जिस्म की भूख थी, एक औरत के जिस्म की

भूख। पर मैं किसी भी औरत के साथ अपनी ज़िन्दगी के साल बांधने के लिए तैयार न था, कभी भी तैयार नहीं हो सकता। इसलिए कुछ दिन मैं ऐसी औरत के पास जाता रहा जो रोज़ के बीस रुपयें लेती थी, और मेरी स्वतंत्रता को कभी नहीं मांगती थी।"

अलका ने कुछ नहीं कहा। सिर्फ नज़र गड़ाकर उसने कुमार के चेहरे की ओर देखा।

"तुम मेरे मन की बात समझी हो क्या?"

"हां।"

"या तुम सोचती हो कि मैं एक अच्छा आदमी नहीं हूं?"

"नहीं, मैं यह नहीं सोचती।"

"पर तुम कुछ सोच रही हो।"

"हां।"

"क्या?"

"...कि मैं वह औरत होती जिसके पास आप रोज़ बीस रुपये देकर जाया करते थे!"

"अलका! "

कुमार के हाथ में पकड़ा हुआ कॉफी का प्याला कांप गया। पर अलका उसी तरह निष्कंप खड़ी रही, जिस तरह वह पहले खड़ी थी। कुमार घबराकर दीवान पर बैठ गया।

"मैं कह रही थी कि शोहरत और औरत में बड़ा फर्क होता है।"

"मैं समझा नहीं।"

"शोहरत किसी को अपने-आपको समझने में मदद नहीं करती, और न ही पैसा करता है। पर औरत किसी को अपंने-आपको समझने में उसी तरह मदद करती है, जिस तरह किसी की कला उसकी मदद करती है।"

"कला व्यक्ति का ही एक अंग होती है–जैसे...बाजू या हाथ-पांव।"

"मुहब्बत भी अपना ही एक अंग होती है। अपनी आंखों की तरह, या

अपनी ज़बान की तरह। शायद इससे भी अधिक। यह आंखें नहीं, आंखों की नज़र होती है। नज़र भी नहीं-एक नुक्ता-नज़र होती है..."

"मेरा नुक्ता-नज़र बिलकुल अलग है, अलका!"

"वह मैं जानती हूं।"

"यह तुम्हारे नुक्ता-नज़र से कभी मेल नहीं खा सकता।"

"शायद!"

"शायद नहीं, यह सच है।"

"मैंने यह नहीं कहा कि यह कभी मेल खां जाए..."

"फिर..."

"मैंने कुछ नहीं कहा।"

"पर तुमने यह क्यों कहा कि तुम..."

"...कि मैं वह औरत होती जिसके पास आप बीस रुपये रोज़ देकर जाया करते थे?"

"तुमने यह क्यों कहा?"

"रुपये कमाने के लिए..."

इस बार अलका हंस पड़ी, पर कुमार की हंसी उसके गले में ही सकपका गई।

"क्यों, यह ठीक नहीं? बीस रुपये रोज़ के कमती हैं क्या?"

"तुम-सी गंभीर लड़की..."

"मैं सचमुच ही बड़ी गंभीर हूं।"

"हां, आपने काम में तो सच ही..."

"मैं ज़िन्दगी में भी वैसी ही हूं।"

"फिर तुमने यह बात कैसे कही?"

"इसीलिए कि मैं बहुत गंभीर हूं।"

"वह गंभीर बात है?"

"इतनी कि इससे अधिक गंभीर बात कोई और नहीं हो सकती।"

"मैं इसे यूं ही नहीं समझ पाऊंगा, अलका! नहीं तो मैं दिल में सलता रहूंगा।"

"फिर भूल जाइए कि मैंने यह बात कही थी।"

"तुम भूल सकोगी इस बात को?"

"मैं कभी याद नहीं दिलाऊंगी।"

"हम रोज़ वैसे ही काम करेंगे जैसे पहले करते रहे हैं?"

"हम रोज़ वैसे की काम करते रहेंगे जैसे पहले करते रहे हैं।"

"हम कभी व्यक्तिगत बातें नहीं करेंगे?"

"हम कभी व्यक्तिगत बातें नहीं करेंगे।"

"हम सिर्फ अपने काम से वास्ता रखेंगे?"

"हम सिर्फ अपने काम से वास्ता रखेंगे।"

"तुम मेरी ज़िन्दगी में कोई दखल न दोगी?"

"मैं आपकी ज़िन्दगी में दखल नहीं दूंगी।"

"विशेषकर मुहब्बत की बात नहीं करोगी?"

"विशेषकर मुहब्बत की बात नहीं करूंगी।"

"अलक़ा!"

"जी।

"तुम यूं बोलती जा रही हो, जैसे कोई बच्ची मास्टर के सामने 'दो दूनी चार' का पहाड़ा पढ़ रही हो! तुम सीरियस क्यों नहीं हो?"

"मैं बिलकुल सीरियस हूं। मैं सारे वचनों को इस तरह दुहरा रही हूं जैसे गुरु से मंत्र लेते समय कोई गुरु के शब्दों को दुहराता है।"

कुमार ने अपने माथे की उभरी हुई नाड़ी को उंगलियों से मला और कहने लगा, "मैं तुम्हें बिलकुल नहीं समझ सकता, अलका!"

"पर मैं अपने-आपको समझ सकती हूं।"

कुमार ने अभी तक मेज़ की बत्ती नहीं बुझाई थी। उसने एक बार मेज़

पर पड़े हुए कागज़ की ओर देखा, और फिर मेज़ की बत्ती बुझाकर छत की बत्ती को जला दिया।

छत की बत्ती की रोशनी पीतल की सुराखों में से पतली-पतली धाराओं में बंटकर बहने लगी। कमरे की दीवारों और फर्श पर राशनी छितराने लगी। पर कुमार को रोशनी से भींगे हुए फर्श पर पांव रखते हुए लगा, जैसे इस गीले फर्श से उसका पांव फिसल जाएगा।

दो

आज से पहले कुमार को जब किसी औरत का सपना आया था, वह औरत हमेशा ऐसी होती थी जिसका याद रहने योग्य कोई चेहरा नहीं होता था। जिस औरत का कोई चेहरा न हो, उस औरत की कोई पहचान नहीं होती। जिस औरत की कोई पहचान न हो, उस औरत की कभी तलाश नहीं होती। और जिस औरत की कोई तलाश न हो, उसके लिए दिल, में कोई दर्द नहीं होता। कुमार को इस तरह की कोई बेसिर-पैर का सपना हमेशा तभी आता था, जब उसके जिस्म में औरत के जिस्म के लिए भूख जगती थी। और यह भूख कुमार के जिस्म में कभी-कभार ही जगती थी। इसलिए जब कभी भी कुमार को यह सपना आता था, बाद में इसकी याद कुमार को भूल जाती थी।

पर आज रात में कुमार को जो सपना आया, उसकी याद कुमार को साल रही थी। इस सपने में उसने औरत का चेहरा देखा था। चेहरे को पहचाना था, और उसे डर था कि कहीं यह पहचान उसकी तलाश न बन जाए। तलाश हमेशा रिश्ते बांधती है। और वह अपनी कला के सिवा किसी चीज़ से कोई रिश्ता नहीं बांधना चाहता था।

रात अपने आखिरी पहर तक कजरा आई थी। कुमार ने पहले छत की बत्ती जलाई। पर फिर रोशनी की सैकड़ों धाराओं से घबराकर उसने बत्ती बुझा दी। वह एकाग्र होना चाहता था—एकमन होना चाहता था। उसने अपनी मेज़ की बत्ती जलाई चाहे उसने मेज़ पर अभी कोई काम नहीं करना था, पर मेज़ की बत्ती की रोशनी उसे अच्छी लगी। पीतल के एक छोटे-से ढककन की आड़ रोशनी की बिखरने से बचाकर एक स्थान पर केन्द्रित कर रही थी।

'कितनी साधारण-सी बात है... मैं यूं ही घबरा रहा था। मन के विचारों को भी एक जगह केन्द्रित करने के लिए एक छोटे-से ढककन की ज़रूरत होती है—एक छोटी-सी आड़ की ज़रूरत होती है!' और कुमार के मन में एकदम यह खयाल आया कि कला ही रोशनी होती है, और कला ही उसकी आड़!

कुमार ने अपने लिए चाय का एक प्याला बनाया, और अपनी कुर्सी पर बैठकर वक़्त से पहले ही काम करना शुरू कर दिया।

सूरज की पहली किरण निकलते ही कुमार को अलका का खयाल आया। शायद इसीलिए, कि ज्यों-ज्यों दिन चढ़ रहा था, अलका के आने का समय हो रहा था।

'मेरा खयाल है कि मेरे जिस्म में फिर से कोई भूख जग रही है–मुझे औरत का सपना इस भूख के बिना नहीं आ सकता...' और कुमार ने सोचा कि वह कुछ दिनों के लिए अपना स्टुडियो बंद करके किसी शहर में चला जाए। दस दिन शहर में रहकर वह अपनी इस भूख को मिटा आए। फिर लौटकर अपने काम में उसी तरह डूब सकेगा जिस तरह वह पिछले कई महीनों से डूबा हुआ था। कुमार की यह ज़मीन और उसका स्टुडियो कांगड़ा वादी में पपरौला स्टेशन से करीब डेढ़ मील के फासले पर था।

कुमार अपने कागज़ और कपड़े-लत्ते संभाल रहा था कि अलका ने दरवाज़ा खटखटाया।

"मैं कुछ दिनों के लिए शहर जा रहा हूं।"

"पठानकोट या अमृतसर?"

"शायद पठानकोट तक। तुम इतने दिन यहीं अकेली रहना चाहोगी या अमृतसर जाना चाहोगी–अपने पिताजी के पास?"

"मैं यहीं रहूंगी।"

"मुझे शायद ज़्यादा दिन लग जाएं।"

"सो ठीक है।"

"शहर से कुछ लाना हो तो मुझे बता दो।"

"अपने रंग और कागज़ देख लीजिए। कम हों तो लेते आइएगा।"

"अभी पीछे मंगवाए थे–कम से कम छः महीने ज़रूरत नहीं पड़ेगी।"

"मुझे काफी काम समझा जाइए। पीछे करती रहूंगी।"

"जितनी भी मेहनत करोगी कम है।"

कुमार अलका से बातें भी कर रहा था और सूटकेस में कपड़े भी संभाल रहा था।

"मैं तहा दूं कपड़े ठीक से? नहीं तो सारे सूटकेस में नही आएंगे।"

"अच्छा, तुम ये कपड़े तहाओ। तब तक मैं अपनी पैंट ले आऊं। कल प्रेस के लिए दी थी।"

"इसमें कुछ मैले कपड़े भी पड़े हुए हैं। इन्हें धो डालूं? दो घंटे में सूख जाएंगे।"

"रहने दो! मैं शहर से धुलवा लूंगा।"

"पर गाड़ी तो दुपहर में छूटेगी न? अभी काफी देर है।"

"अच्छा धो डालो...! पर तुम खुद क्यों धो रही हो? अभी हरिया आएगा। उससे धुलवा लेना।"

अलका ने कोई जवाब न दिया। कुमार पैंट लेने के लिए चल दिया।

धोवी पेशे का आस-पास कोई आदमी नहीं था। कुमार ने बैजनाथ को जाती सड़क पर चाय की दुकान वाले पहाड़िये को शहर से लोहे की प्रैस ला दी थी। वही समय-असमय कुमार के कपड़े धोकर उनपर प्रैस कर दिया करता था। कल जब कुमार ने वहां अपनी पैंट दी थी तो उसे शहर जाने खयाल तक न था। अब जब पैंट लेने के लिए गया तो पैंट धुल चुकी थी, पर उसी तरह सलवटों-सहित पड़ी हुई थी। कोयले हवाते हवाते और प्रैस गर्म करते हुए कुछ देर हो गई। इसलिए कुमार जब पैंट लेकर वापिस आया तो अलका ने उसके मैले कपड़े धोकर सूखने फकला दिए थे।

"हरिया नहीं आया?"

"आया था। घड़ा ले गया है भरने को।"

कुमार को रात के अंधेरे में शहर की आकस्मिक तैयारी जितनी स्वाभाविक लगी थी, दिन के उजाले में वह उतनी स्वाभाविक नहीं लग रही थी। हाथ की पैंट अलका को देते हुए उसे खयाल आया कि अलका उसकी इस तैयारी के बारे में कोई सवाल क्यों नहीं पूछ रही थी। और उसने चाहा कि अलका कुछ पूछे। चाहे कुछ ही पूछे। सिर्फ़ इतना ही कह दे कि पीछे गांव में इतने दिन अकेले रहते उसे डर लगता है। चाहे वह कुमार के स्टुडियो में पहले भी नहीं

रहती थी। उसने आधा मील के फासले पर एक घर में ऊपर का चौबारा किराये पर ले रखा था। फिर भी उसे कुमार की उपस्थिति का सहारा था। और कुमार के मन में आया कि अगर अलका अकेली रहने की बात चला दे, तो वह एक-दो बार उसे समझाकर अपना शहर जाना स्थगित कर देगा। शहर जाने के लिए उसके दिल में कोई उमंग नहीं थी। किसी तरह की भी जिस्मानी भूख उसमें नहीं जगी हुई थी, और अलका जैसे-जैसे सूटकेस तैयार करती जा रही थी, उसे लग रहा था जैसे उसे ज़बरदस्ती शहर भेजा जा रहा हो।

"तुम पीछे डरोगी नहीं?" कुमार ने खुद ही कुछ देर बाद पूछा।

"डर? मुझे?... मुझे काहे का डर है?" अलका ने जवाब दिया और सूटकेस को बंद करके चाबी कुमार को दे दी। चाबी पकड़ाते हुए अलका ने सौ-सौ रुपये के दो नोट भी कुमार को दिए।

"यह क्या?"

"दो महीनों के रुपये आप एक साथ ले लीजिए। शहर में ज़रूरत होगी।"

"मुझे क्या ज़रूरत पड़ेगी? खर्च-भर के लिए मेरे पास होंगे।"

"सूटकेस में बैंक की पासबुक रखते हुए मैंने पासबुक देखी थी। सिर्फ सौ रुपये हैं बैंक में।"

"इतने ही काफी हैं। जाने का किराया तो है ही। वापसी में बैंक से सौ रुपया निकलवा लूंगा।"

"पर वहां ज़रूरत पड़ेगी। दस दिन भी रहे तो बीस रुपये रोज़ के हिसाब..."

"अलका!"

कुमार के माथे पर पसीने की बूंदें उभर आईं। उसे लगा कि अलका की मोटी-मोटी और चुपचाप आंखें पारदर्शिनी हैं। उन्होंने कुमार के मन में रेंगते सारे खयालों को देख लिया था। उसे अलका की आंखों पर भी गुस्सा आया, पर ज़्यादा गुस्सा उसे अपने खयालों पर आया जो केंचुए की तरह उसके मन में रेंग रहे थे। केंचुए की तरह, जो किसी का कुछ नहीं बिगाड़ते, पर उनकी सुस्ताई चाल से चिढ़ आ जाती है। कुमार को खुद ही अपने खयालों से चिढ़ आने लगी।

किसी भी केंचुए को अगर तिनका छुआ दें तो वह कुछ देर के लिए इस तरह निर्जीव हो जाता है, जैसे कभी उसमें कम्पन न आया हो, और वह शुरू से ही एक रस्सी का टुकड़ा हो। कुमार को भी लगा कि उसके मन में डर का जो केंचुआ रेंग रहा था, अलका के छूने से रस्सी का टुकड़ा बन गया था।

"अगर तुमने यही सोचा है कि मैं शहर इसीलिए जा रहा हूं, तो नहीं जाता..."

कुमार ने मन में छुपे हुए डर को रस्सी के टुकड़े की तरह हाथ में लेकर कहा।

"हमने इकरार किया था कि हम कभी व्यक्तिगत बातें नहीं करेंगे। मैं उस इकरार पर कायम हूं।" अलका ने कहा। उसने शहर जाने या न जाने की बात का कोई जवाब न दिया।

कुमार मिनट-भर को चुप रहा। पर वह चुप्पी बोलने से भी अधिक पैनी थी। बोलने से चाहे व्यक्तिगत बातें न करने का इकरार टूटता था, पर कुमार को लगा कि इस चुप्पी से तो बोलना आसान था।

"पर तुमने खुद ही बात छेड़ी थी।"

"मैंने सिर्फ रुपये दिए थे, बात नहीं छेड़ी थी।"

"पर वह बात तुम्हारे मन में थी। वह तुम्हें भूली नहीं थी।"

"मैंने कोई बात भुलाने का इकरार नहीं किया था। सिर्फ चुप रहने का इकरार किया था।"

"पर वह बात याद रखने का तुम्हें कोई हक नहीं।"

"अपनी याद पर सबका अपना हक होता है।"

"पर अलका—आखिर तुम उस बात को याद क्यों रखना चाहती हो?"

"इस 'क्यों' के सवाल में मत पड़िए। इसका अंत कहीं न होगा। अच्छा हो, अगर हम अपने उसी पहले इकरार पर कायम रहें, कि हम कभी व्यक्तिगत बातें नहीं करेंगे।"

कुमार ने चुप रहने का जो इकरार अलका से चाहकर लिया था, वही इकरार, कुमार को लगा, एक ऐसा अंधेरा था, जिसमें हर चीज़ डरावनी

लगता हैं। कुमार किसी चीज़ से डरना नहीं चाहता था। इसलिए उसे लगा कि इस इकरार ने एक अनचाहा अंधेरा भरकर बड़ी मासूम बातों को भी भयानक बना दिया था। सारी बातों को उनकी मासूमियत में देखने के लिए कुमार ने सोचा कि वह अलका के साथ चुप न रहकर बातें करेगा। आखिर अलका एक सुलझी हुई लड़की थी।

"यहां मेरे पास बैठ जाओ, अलका!"

"जी।"

"सच बताओ, मुझसे डर लगता है?"

"बात उलझाकर मत पूछिए।"

"मत पूछिए।"

"उलझाकर ?"

"आप जानते हैं कि मुझे आपसे डर नहीं लगता। डर वास्तव में किसी को भी किसी से नहीं लगता। डर हमेशा इन्सान को अपने से लगता है।"

"तुम्हारा मतलब है मुझे खुद से डर लगता है?"

"जी।"

"अलका!"

"जी।"

"तुम मुझ पर यह इल्ज़ाम किस तरह लगा सकती हो?"

"मैंने इल्ज़ाम नहीं लगाया। सिर्फ एक बात कही है।"

"पर यह गलत है।"

"अगर गलत है, तो आप अचानक शहर किसलिए जा रहे हैं?"

"शहर जाने के लिए मुझे कई काम हो सकते हैं।"

"आप जानते हैं, कि आपको कोई काम नहीं।"

"चलो मान लिया, कोई काम नहीं। शायद यही काम हो कि मैं अपनी जिस्मानी भूख बुझाने के लिए शहर जा रहा हूं, पर यह भी तो एक काम है।"

"इस काम के लिए शहर जाने की क्या ज़रूरत है?"

"पर यहां..." कुमार के गले में उसकी सांस अटक गई। पर अपने अटके हुए सांस को खींचकंर उसने कहा, "यहां शहरों-सा कोई इंतज़ाम नहीं।"

"मैं हर तरह से उस लड़की से अच्छी हूं जो बीस रुपये रोज़ लेकर..."

"अलका!"

"जी।"

"तुम्हें क्या हो गया है, अलका! तुम एक शरीफ लड़की हो, शरीफ मां-बाप की बेटी!"

"इसमें शराफत का खयाल कहां से आ गया?"

"रुपया लेकर जिस्म देना शराफत नहीं है।"

"क्यों?"

"क्योंकि यह शराफत नहीं।"

"फिर इस हिसाब से रुपये देकर जिस्म को लेना भी शराफत नहीं।"

कुमार चुप हो गया। अलका फिर बोली, "अगर आप अपने लिए शराफत को ज़रूरी चीज़ नहीं समझते, तो मेरे लिए क्यों ज़रूरी समझते हैं?"

"मेरी बात और है, अलका!"

"सिर्फ यही, कि मर्दों के लिए एक वह चीज़ भी शराफत होती है, जो औरत के लिए नहीं होती!"

"यह बात नहीं, अलका!"

"फिर?"

"मैं कभी किसी एक चीज़ के साथ अपने-आपको नहीं जोड़ता, इसलिए मेरी कीमतों का असर सिर्फ मुझपर पड़ेगा। पर कल तुम्हारा विवाह होना है। तुम्हारा वास्ता सिर्फ तुमसे नहीं होगा, किसी दूसरे से भी होगा। उसकी कीमतें वे नहीं होंगी, जो मेरी और तुम्हारी कीमतें हो सकती हैं।"

"इसका जवाब मैं इस समय सिर्फ इतना ही दूंगी, कि मेरी जैसे लड़की

सिर्फ अपनी कीमतों को ही स्वीकार कर सकती है, किसी और की कीमतों को नहीं।"

"यह भी मान लेता हूं। चाहे मैं जानता हूं कि यह बात तुम्हारे बस की नहीं। तुम क्या, किसी के बस की भी नहीं! पर मेरी मुश्किल दूसरी है।"

"मैं आपकी मुश्किल को जानती हूं।"

"नहीं, तुम नहीं जानतीं!"

"ज़रूरत पड़ने पर आप सिर्फ उस औरत के पास जाना चाहते हैं, जिस औरत का कोई चेहरा न हो और जिस औरत का कोई नाम न हो। क्योंकि चेहरे और नाम से पहचान तक बात आ जाती है, और यह पहचान कभी मन में कोई सम्बन्ध जोड़ देती है।"

"हां, अलका!"

"ए फुसलेस वूमैन, ए नेमलेस वूमैन!"

"हां, अलका!"

"मैं अपने-आपको फुसलेस भी बना सकती हूं और नेमलेस भी।"

"पर अलका! क्यों ?...क्यों?"

"इस 'क्यों' का जवाब मैं नहीं दूंगी।"

"क्योंकि उसका कोई जवाब नहीं।"

"इसके कई जवाब हो सकते हैं।"

"मसलन?"

"मसलन यह कि शायद मुझे रुपयों की ज़रूरत हो।"

"यह जवाब गलत है। तुम मुझे काम सीखने का सौ रुपया देती हो। सौ रुपया महीना कम नहीं। फिर तुम अपने रहने का, पहनने का, खाने का खर्च भी खुले हाथों करती हो। तुम्हारे पिता अमीर हैं..."

"फिर हो सकता है कि यह मेरी जिस्मानी ज़रूरत हो।"

"यह जवाब भी गलत है।"

"क्यों?"

"मेरे पास इसका कोई सबूत नहीं। पर मेरा दिल कहता है, कि यह जवाब गलत है। तुम खुद ही बताओ कि क्या यह गलत नहीं?"

"हां, यह जवाब गलत है।"

"फिर?"

"मैंने कहा था कि मैं इसका जवाब नहीं दूंगी। इसलिए चुप हूं।"

"पर मैं इसका जवाब जानना चाहता हूं।"

"आप नहीं समझेंगे। मैं बता भी दूं, तो भी आप नहीं समझेंगे।"

"क्यो?"

"क्योंकि बहुत-सी बातों पर हमारे नुक्ता-नज़र अलग हैं। अपने खुद ही कहा था कि हमारे नुक्ता -नज़र आपस में कभी नहीं मिल सकते।"

"मैंने कहा था... पर मैं कोशिश करूंगा, कि तुम्हारा नुक्ता-नज़र समझ सकूं। समझकर भी शायद मान न सकूं, पर समझने की कोशिश ज़रूर करूंगा।"

"समझाने और मानने में मेरा कोई विश्वास नहीं"

"फिर?"

"समय खुद समझा लेगा। मना भी लेगा।"

"किसे? मुझे या तुम्हें?"

"इसे भी समय के फकसले पर रहने दीजिए।"

अलका के कहने पर जब कुमार ने सब कुछ समय के फकसले पर छोड़ दिया, तो अलका को दो सौ रुपये लौटाता हुआ कुमार बोला–"ये रुपये ले लो। अभी मुझे नहीं चाहिए।"

"और चाबी?"

कुमार हंस पड़ा, "चाबी भी ले लो। सटकेस खोल दो। मैं शहर नहीं जा रहा।"

"और शहर जाकर जो काम करने थे?"

"मुझे कोई काम नहीं।"

"वह बीस रुपये रोज़ का काम?"

"कोई जरूरी नहीं।"

डर की बात को बोलकर निडर होने का तजुर्बा कुमार ने किया था, उसी तजुर्बे के ज़ोर को आज़माने के लिए कुमार ने कुछ देर बाद अलका से कहा:

"अगर कभी मुझे ज़रूरत पड़ी तो तुमसे कह दूंगा।"

"अच्छा।"

"तुम मेरे लिए उस औरत की तरह होगी, जिसका कोई नाम नहीं होता, या उसका कोई भी नाम हो सकता है।"

"यह तो बहुत बड़ा दर्जा है!"

"क्या मतलब?"

"खुदा का भी कोई नाम नहीं होता और उसका कोई भी नाम हो सकता है!"

"छोटी बातों को खुदा से मिला दें, तो वे बड़ी नहीं हो जातीं।"

"कई बातें ऐसी भी होती हैं जो छोटी होने या बड़ी होने से बेनियाज़ होती हैं!"

"जिस चीज़ की कीमत बीस रुपये से चुकाई जा सकती हो, वह बात हमेशा छोटी ही रहेगी, बड़ी नहीं हों सकती!"

कुमार की पसलियों में आग की एक लपट-सी दौड़ गई। उसने अलका को अपनी दोनों बांहों में कसकर उसके होंठ से एक लम्बा घूंट इस तरह भरा, जैसे वह दो होंठों से उसकी सारी जान पी जाना चाहता हो। आग की लपट की तरह कुमार के जिस्म में कुछ सुलगा, और जिस समय कुमार ने अलका के अंग-प्रत्यंग को अपने से लगा लिया, तो उसे लगा कि उसने अलका को अपने जिस्म से नहीं,–आग की लपट में लपेट लिया था। यह अलका को तोड़ देने की ज़िद थीं।

कुमार जब अलका से अलग होकर एक तरफ खड़ा हो गया तो अलका ने अपने जिस्म से ढलके हुए कपड़ों को खींचकर एक सलवटी चादर की तरह अपने पर ओढ़ लिया, और कुमार से कहा, "मेरे रुपये?"

कुमार ने पैंट की जेब से बीस रुपये निकाले, और अलका ने हाथ बढ़ाकर रुपये ले लिए।

"सिर्फ बीस रुपये!" कुमार हंस पड़ा। पर उसकी हंसी जाने कैसी थी, वह खुद ही अपनी हंसी से डरकर दीवार की ओर देखने लगा।

"सोने का कलश चढ़ाकर भी कोई ईश्वर को नहीं खरीद सकता। पर कोई पूजा का एक फूल चढ़ाकर भी ईश्वर को खरीद लेता है।" अलका ने कहा, और एक-एक करके कपड़े पहनने लगी।

"क्या मतलब?"

"कुछ नहीं।"

"इस तरह बीस रुपये कमानेवाली औरत को क्या कहा जा सकता है?"

"औरत!"

"अलका!"

"मैं एक वेश्या बनने का दावा भी उसी आसानी से कर सकती हूं, जिस आसानी से बीवी बनने का।"

"मैं तुम्हें बिल्कुल नहीं समझ सकता, अलका!"

"पर मैं अपने-आपको समझ सकती हूं।"

कमरे की दोनों बत्तियां बुझी हुई थीं। खिड़कियों पर नीली और काली धारियों वाले मोटे पर्दे लटक रहे थे। पर बाहर से सूरज की रोशनी पर्दों कीं झिलमिली से छनकर कमरे की दीवारों पर और फर्श पर बिखर रही थी, और रोशनी से भीगे हुए फर्श पर पैर रखते हुए कुमार को लगा जैसे इस गीले फर्श से उसका पांव फिसल जाएगा।

तीन

पांच दिन गुज़र गए। अलका रोज़ नियमपूर्वक आती और काम करती। उस घटना की छाया भी उसके साथ कमरे में न आती। छठे दिन सुबह ही अलका आई तो कुमार अपना तौलिया तहाकर चमड़े के एक बैग में रख रहा था।

"आज फिर शायद जाने की तैयारी है?"

"वह तैयारी छोटी थी, यह तैयारी बड़ी है। तुम भी मेरे साथ चलोगी। हरिया नाश्ता तैयार कर रहा है, उसे कह दो कि कुछ ज़्यादा बना ले।"

"कितने दिन के लिए?"

"एक ही दिन के लिए।"

कुमार और अलका जब पगडडी पर चलते हुए सामने पहाड़ की बगल में पहुंच गए तो एक पहाड़ी नदी के किनारे खड़े होकर कुमार ने हाथ का बैग एक पत्थर पर रख दिया।

"नहाओगी तुम?"

"मैं अपने साथ कोई कपड़ा नहीं लाई।"

"इस बैग में एक नीली चद्दर रखी है।"

नदी का पानी, जो सारी रात डरे हुए पत्थरों से बात करता रहा था, अब सूरज की किरणों से खेल रहा था। अलका ने बैग से चद्दर निकाल ली और पत्थर की आड़ में आकर कपड़े उतारने लगी। नीली चादर को बदन से लपेटकर जब उसने पानी में पैर रखा, जंगली फूलों की एक टहनी पानी में तैरती हुई अलका के पास आ गई। अलका ने टहनी के आगे का हिस्सा तोड़कर अपने बालों में टांग लिया।

कुमार अलका की बायीं ओर के पानी में नहा रहा था। अलका ने एक

नज़र कुमार को देखा, और फिर पानी में आहिस्ता-आहिस्ता चलती हुई कुमार के पास से गुज़री, और काफी दूर जाकर उसकी सीध में ठहर गई। पानी बहुत गहरा था। खड़े रहते पानी कमर से छूता था। अलका घुटनों के बल पानी में बैठ गई।

अलका ने हाथों में हरे कांच की पांच-पांच चूड़ियां पहनी हुई थीं। पानी में डूबी हुई कलाइयों पर चूड़ियां ऐसे लग रही थीं जैसे उसने बांहों पर हरे पत्ते लपेटे हुए हों। अलका बांहें फैलाकर पानी काटती तो चूड़ियां खनक उठतीं।

अलका ने कई बार अपनी ठुड्डी और आधे मुख को पानी मे डुबोकर पानी को अपनी आंखों से छुआया। अलका पानी की उतराई की ओर थी और जो पानी अलका के बदन को छूकर निकलता था वह दूर से कुमार के बदन को छूकर आ रहा था। अलका की आंखें बड़े अदब से इस पानी को छूती रहीं।

अलका की चूड़ियों की खनक चाहे ऊंची नहीं थी, पर इस गहरी खामोशी में वह कुमार के कानों को सुनाई दे रही थी। कुमार इस खनक से बचने के लिए कई बार सीध से हटा। एक बार वह बिल्कुल ही पानी के बायें किनारे तक चला गया। अलका ने वही सीध ले ली। कुमार किनारा बदलकर पानी के दायें किनारे पर आ गया। अलका ने फिर सीध बदल ली। जितनी देर, और जो भी पानी कुमार के बदन को छूकर आ रहा था, अलका उसे अपने अंग-अंग में भर लेना चाहती थी।

कुमार ने शायद अलका के इस खिलवाड़ को भांप लिया, और इस खिलवाड़ को तोड़ने के लिए वह पानी से बाहर आ गया। अलका भी पानी से बाहर होने लगी, तो कुमार फिर पानी में उतर गया और तेजी से तैरता हुआ अलका तक आ गया।

झपटकर कुमार ने अलका का हाथ पकड़ा और झल्लाकर अलका के बदन से लिपटी चादर खींच ली। चादर की तरह ही उसने अलका को अपनी बांहों में कस लिया और फिर खौलते हुए होंठों से उसने अलका के होंठों को इस तरह पिया जैसे वह अलका की सारी जान के साथ इस पहाड़ी नदी का पानी पी जाएगा।

कुमार ने टूटकर जब अलका को छोड़ा तो अलका के होंठ उसी तरह

साबुत थे, अलका की छाती उसी तरह सांस ले रही थी, और नदी का पानी उसी तरह बह रहा था। कुमार को लगा कि न वह अलका की सास पी सकता था, और न नदी का पानी। वह किनारे के पत्थरों पर इस तरह जा बैठा जैसे सैंकड़ों पत्थरों में एक पत्थर और बढ़ गया हो।

अलका ने किनारे पर आकर कपड़े पहन लिए और नीली चादर को निचोड़कर सूखने के लिए एक बड़े पत्थर पर फकला दिया।

"नाश्ता डाल दूं?" अलका कुमार के पास आकर खड़ी हो गई, और नाश्ते का डिब्बा खोलकर प्लेट पोंछने लगी।

कुमार काफी देर तक अलका के पैरों की ओर देखता रहा, और फिर लपककर उसने अलका के पैरों को मरोड़ा।

"ये पैर इस तरह नहीं, इस तरह होने चाहिए थे।"

"किस तरह?"

"एड़ी आगे होनी चाहिए थी, और उंगलियां पीछे।"

"क्यों?"

"क्योंकि जिन्नी के पांव उल्टे होते हैं?"

"जिन्नी क्या होती है?"

"भूत-प्रेतों की जाति की जिन्नी।"

"हर जिन्नी के पैर उल्टे होते हैं?"

"मैं छोटा-सा था। हमारे पड़ोस में एक बूढ़ा रहता था। वह मुझे जिन्नियों के किस्से सुनाया करता था।"

"उसने जिन्नी देख रखी थी?"

"वह कहता था कि उसने जवानी में एक जिन्नी पकड़ी भी थी।"

"फिर?"

"वह बताया करता था कि जिन्नी का पकड़ना बड़ा मुश्किल होता है। कई-कई रातों श्मशान में जाकर बैठना पड़ता है। वह पहले बहुत डराती है अगर आदमी डर जाए तो वे खुद पकड़ी न जाकर उस आगदमी को पकड़ लेती हैं।"

"फिर उसने जिन्नी कैसे पकड़ी?"

"उसने उसे पावों से पहचान लिया था। वह कहता था कि हर जिन्नी का नाक-मुंह वैसा ही होता हैं जैसे किसी साधारण औरत का। जिन्नी के मुख की ओर कभी नहीं देखना चाहिए, क्योंकि उसके पैर उल्टे होते हैं, और पैरों से पहचानकर पकड़ लेना चाहिए!"

"पर पकड़ने का फायदा?"

"वह बूढ़ा कहा करता था कि अगर एक बार जिन्नी पकड़ में आ जाए तो सारी उमर कोई फिकर नहीं रहता। जब आपका दिल हलवा खाने का हो वह हलवा ला देती है, जब आपका दिल नये कपड़े पहनने का हो तो वह कपड़े ला देती है। वह तरह-तरह का खाना ला सकती है। वह हैरान कर देने वाली चीज़ें आपके कदमों में लाकर रख सकती है।"

"फिर उस बूढ़े ने जिन्नी छोड़ क्यों दी?"

"वह कहता था कि रोज़ रात को उसे जिन्नी से मेनका का नाच देखने की आदत पड़ गई थी। रात को जिन्नी मेनका के कपड़े पहनकर और पैरों में घुंघरू बांधकर मेनका का वह नाच दिखाती जो सिर्फ इन्द्र दरबार में होता है।"

"फिर?"

"आस-पड़ोस में शोर मच गया कि रात को यहां से घुंघरुओं की आवाज़ आती है। इसलिए लोगों से तंग आकर उसने जिन्नी को छोड़ दिया।"

"आपने उस बूढ़े से जिन्नी पकड़ने का तरीका पूछा था?"

"जब मैं छोटा था तब मैं उस बूढ़े से जिन्नी पकड़ने का सारा ढंग पूछकर एक बार जिन्नी पकड़ने के लिए गया था।"

"फिर?"

"अमावस की रात थी। उसने बताया था कि जिन्नी सिर्फ अंधेरी रात में ही पकड़ी जा सकती है।"

"फिर?"

"मुझे बड़ा दिलेर समझा जाता था। कुछ अपनी दिलेरी से, और कुछ मशहूरी की झेंप में मैं आधी रात को चल निकला। अभी श्मशान तक पहुंचा

था। शहर के पेड़ों के पास ही मुझे डर लगने लगा। एक घने पेड़ में से कोई जानवर बोला, और मैं उलटे पांव भागा......"

"शायद वह जिन्नी हो जो पेड़ पर चढ़कर बोली हो..."

"उस बूढ़े ने मुझे बताया था कि सबसे पहले जिन्नी के पैरों में बंधे हुए घुंघरुओं की आवाज़ सुनाई देती है।"

"इसका मतलब है कि हर जिन्नी को नाचने की कला आती है।"

"शायद।"

"पर मुझे तो यह कला नहीं आती।"

"सो तुमने यह मान लिया कि तुम जिन्नी हो?"

"पर सीधे पैरों वाली जिन्नी, और सीधे रास्तों वाली!"

"यह सीधा रास्ता है?"

"आप इसे उलटा भी कह सकते हैं, क्योंकि अगर कोई तस्वीर को उलटी ओर से देखे तो उसे वह उल्टी ही दिखाई देती है।"

"मैं उल्टी ओर खड़ा हूं?"

"हमने कल सोचा था कि हम किसी बात का फकसला नहीं करेंगे, हमारी हर बात का फकसला समय करेगा।"

कल की तरह आज भी कुमार ने अलका की बात मान ली, और सारी बात समय के फैसले पर छोड़ दी। उसने चुपचाप अलका के हाथ से प्लेट पकड़ ली, और नमकीन परांठे का एक कौर तोड़कर शहद की कटोरी में डुबोया और दायें पैर के अंगूठे से ज़मीन को खरोचने लगा।

अलका ने थर्मास की कॉफी प्याले में डाली और प्याला कुमार की तरफ बढ़ा दिया।

"मैं सोच ही रहा था कि अगर हम चाय या कॉफी भी ले आते...एक बात उस बूढ़े ने ठीक कही थी।"

"क्या?"

"कि जिन्नियां कई तरह के खाने सजाकर जब भी चाहें आपके लिए परस सकती हैं।"

"पर आप उस बूढ़े से एक बात पूछनी भूल गए?"

"क्या?"

"आपने जिन्नी पकड़ने का तरीका पूछ लिया, पर जिन्नी से अपने आपको छुड़ाने का तरीका नहीं पूछा।"

"वह तरीका मैं खोज रहा हूं। खोज लूंगा।"

"आप इस नदी पर यही तरीका ढूंढ़ने आए थे?"

"अगर सच पूछो तो, यही तरीका ढूंढने आया था...कल रात..."

"कल रात कोई तरीका सूझा था?"

"कल रात सपने में मैंने यह नदी देखी थी।"

"मैं भी नदी के किनारे बैठी थी या नहीं?"

"इसी तरह नीली चादर लपेटकर तू इस नदी में नहा रही थी।"

"और मेरे बालों में फूल भी टंगे हुए थे?"

"मैंने फूलों की यह टहनी तोड़कर पानी में यूं ही नहीं फंककि थी। तुम्हारे बालों में लगाने के लिए ही मैंने पानी में रखी थी।"

"फिर?"

"सपने जब तक सच नहीं बनते, ये इन्सान के पीछे ही पड़े रहते हैं ..."

"और आपने पीछा छुड़ाने के लिए इस सपने को सच करके देख लिया?"

"हां।"

"रात को मुझे भी एक सपना आया था।"

"इस नदी का?"

"नहीं।"

"फिर?"

"मैंने देखा कि मैं आपके काम करने की मेज़ पर एक कागज़ रखकर उस पर इचों के निशान लगा रही हूं।"

"फिर?"

"निशान लगा-लगाकर मैं थक रही, पर वह कागज़ जादू के ज़ोर से जैसे बढ़ता ही गया।"

"फिर?"

"फिर मैंने उस कागज़ से पूछा कि वह मेरे साथ इस तरह क्यों कर रहा था।"

"फिर?"

"अजीब बात है। जब मैं कागज़ से बातें करने लगी तो वह कागज़ भी मेरे साथ बातें करने लगा।"

"यू डैम..."

"उस कागज़ ने मुझे बताया कि वह मेरे सपनों का कागज़ था, और मैं चाहे सारी उमर उस पर इंचों के निशान लगाती रहूं, वह कभी खत्म नहीं हो सकता था।"

"यू डैम..."

"जिन्नी उर्फ डैविल!"

"चल अब नाश्ता करके लौट चल। आज सवेरे से कोई काम नहीं किया।"

"चलो कुछ घण्टे काम करे लें, क्या पता कल सवेरे फिर आना पड़े।"

"यहां?"

"यहां नहीं। शायद उस पहाड़ की चोटी पर जाना पड़ेगा।"

"क्यों?"

"क्योंकि सपने हमेशा बढ़ते रहते हैं। चेतन प्रयास के पैर चाहे उल्टे हों पर सपनों के पैर सीधे होते हैं। आज वे इस नदी तक आए थे, कल पहाड़ की चोटी पर चढ़ेंगे..."

कुमार भौचक्का होकर अलका की ओर देखने लगा। उसे लगा कि वह स्वतन्त्रता के जिस शिखर पर खड़ा था, किसी दिन यह अलका उसे वहां से इस तरह खींचेगी कि वह शिखर से फिसलकर मुहब्बत की गहरी खाई में जा पड़ेगा।

चार

'प्रयास के पैर चाहे उलटे हों, पर सपनों के पैर सीधे होते हैं,' अलका की यह बात कुमार के कानों में एक कांटे की तरह कई दिन चुभती रही।... और फिर एक रात कुमार को सपना आया कि वह एक गद्दी मर्द की तरह अपनी कमर से एक लम्बा और काला रस्सा बांधकर जंगल में भेड़ें चरा रहा था। भेड़ों का चराते-चराते उसे बड़ी भूख लगी। पर आसपास के चश्मे के पानी के सिवा कुछ न था। पानी की उसने दो अंज़ुलियां पी थीं कि उसे लगा पानी उसके खाली पेट में चुभने लगा था। वह कलेजे पर हाथ रखकर कंटीले झाड़ों को मुंह मारती हुई भेड़ों की तरफ देखने लगा...फिर उसने आंखें मलीं और देखा कि सुनसान जंगल में एक परी उतर आई थी। खाल की मोटी जूती उसने पैरों में पहनी थी जिससे वह बिना आहट के ठुमुक-ठुमुक चल रही थी। सिर पर उसने लाल रंग का अंगरखा बांध रखा था, और उसकी हरी कमीज़ की कमर से काले रेशम की एक रस्सी बंधी हुई थी। दोनों बांहें ऊपर उठाकर उसने सिर पर एक हंडिया उठाई हुई थी, जिसे उसक़े चेहरे का काफी हिस्सा उसकी बांहों में छुपा हुआ था। कुमार एक पेड़ की ओट में हो गया, ताकि वह परी जब पेड़ के पास से गुज़रे, वह उस तरफ से उसका मुंख देख सके। जिस पतली-सी पगडंडी पर वह परी चलकर आ रही थी, वह पगडंडी इस पेड़ के पास से गुज़रती थी । यहां कुमार पेड़ की एक टहनी पर हाथ रखकर खड़ा था। वह परी जब पेड़ के पास आई तो उसने सिर से हंडिया उतारकर पेड़ के तने से टिका दी और सिर का लाल अंगरखा उतारकर तने के पास बिछा दिया। हंडिया में रखे हुए पकवान की खुशबू कुमार के कलेजे में इस तरह मंडराने लगी कि वह पेड़ की ओट से हटकर हंडिया के पास आ गया। उसे इतनी भूख लंगी हुई थी कि अगर वह हांडी पेड़ के तने की बजाय परी के सिर पर भी रखी होती तो वह एक झटके से हंडिया छीन लेता।

'न...न...न...' परी ने कहा, और कुमार का हाथ पकड़कर उसने उसे

ज़मीन पर बिछे हुए अंगरखे पर बिठा दिया। हंडिया का ढक्कन भी परी ने अपने हाथों से उतारा, और फिर भरी भराई हंडिया कुमार के सामने रख दी। कुमार अपनी भूख पर लजा गया, इससे आंख उठाकर वह परी के चेहरे की ओर देखने का साहस न कर सका। वह दोनों हाथों से इंडिया में से पकवान निकालकर खाने लगा। कुमार ने जब भरपेट खा लिया तो उसने लजाई-सी आंखों से परी की ओर देखा। देखा, और देखता रह गया। अलका उसके सामने खड़ी थी।

कुमार जब सोकर उठा तो उसने हाथ से अपने बदन को छुआ। उसकी कमर से कोई रस्सी नहीं बंधी थी। पर उसे लगा कि अलका सारी की सारी एक रस्सी बन गई थी जो रात को सपनों में भी उसके साथ बंधी रहती थी।

आज कुमार ने सोचा कि सपनों को मानने की जगह, और उनकी ज़िद पूरी करने की जगह वह एकदम बेलिहाज़ होकर इन सपनों को पूरा करने से इन्कार कर देगा। नदी का सपना उसने पूरा करके देख लिया था। कुछ न बना था। सपने अब भी उसके पीछे पड़े हुए थे।...

सुबह अलका आई। उसके आने तक कुमार ने अलमारी में से एक गद्दिन पोशाक निकालकर बाहर रख ली थी। यह पोशाक बहुत पहले कुमार ने एक मेले में खरीदी थी, और उसने सोचा था कि किसी दिन वह अलका को यह पोशाक पहनाकर एक तस्वीर पेंट करेगा। कुमार ने मेज़ पर नया कैनवस लगा लिया।

"गुसलखाने में जाकर कपड़े बदल लो।"

"अच्छा।"

"यह जूती कुछ बड़ी लगती है, पर ठीक है।"

"यह कमीज़ भी खुली है।"

"यह ख़ुली ही होती है। कमर में जब यह काली रस्सी बांध लोगी तो यह खुली नहीं लगेगी।"

अलका जब कपड़े बदल आई तो खुले बाल लिए कुमार की कुर्सी के सामने घुटने टेककर बैठ गई, और बोली, "चोटियां बना दो, जैसी गद्दिनों की लम्बी, पतली चोटियां होती हैं।"

कुमार ने नहीं, पर कुमार के हाथों ने एक मिनट के लिए कहना मानने से इन्कार कर दिया। पर फिर कुमार ने चुपचाप अलका की चोटियां बना दीं।

"अगरखा मैं खुद बांध लेती हूं, पर यह रस्सी मुझसे ठीक नहीं बंधी।" अलका ने कहा और काले रेशम की रस्सी कुमार के हाथ में दे दी।

कुमार ने जब अलका के गिर्द बांहें डालकर रस्सी को लपेटा तो उसने चौंककर अलका के मुंह की ओर देखा। सारी की सारी अलका से वह खुशबू आ रही थी जो कुमार को रात में सपने की हंडिया से आई थी।

कुमार ने एक कसिस लेकर अलका की कमर में रस्सी बांध दी, पर उसे लगा कि उसे बड़ी भूख लगी हुई थी। सुबह का नाश्ता लिए अभी आधा घण्टा भी नहीं हुआ था, पर भरपेट किया हुआ नाश्ता न जाने कहां चुक गया था।

"काम करने से पहले कुछ खा लें। तुम्हें भूख नहीं लगी?"

"मैं अभी नाश्ता करके आई हूं।"

"नाश्ता मैंने भी किया था।"

"कॉफी बना दूं?"

"नहीं, कुछ नहीं चाहिए।"

कुमार ने ज़िद में आकर कुछ खाने-पीने से इन्कार कर दिया, और अपने ब्रशों को रंगों में भिगोने लगा।

रंगों ने, और रंगों में से उभरती तस्वीर ने कुमार की ज़िद रख ली। अढ़ाई घण्टे बीत गए। भूख कुमार को भुलाए रही। फिर एक अजीब बात हुई कुमार को ज्यों ही तस्वीर में हांडी बनाने का खयाल आया कि भूख कलेजे में मंडराने लगी।

"मुझे कॉफी बना दो अलका! अगर हरिया कहीं बाहर दिखता है तो उसे कह दो, नहीं तो खुद बना दो।"

हरिया कुमार का पहाड़ी नौकर था। कॉफी-चाय बनाता-बनाता आहिस्ता-आहिस्ता सब कुछ सीख गया था। पर उसका ज़्यादा समय पानी भरने में कटता था। पीने का पानी कुमार जिस चश्मे से मंगवाया करता था, वह चश्मा कुछ दूर था। इसलिए अलका ही वक़्त-बेवक़्त चाय बनाती।

अलका जब कॉफी बनाकर लाई तो कुमार ने कॉफी के प्याले को सूंघकर देखा। प्याले में कॉफी की गंध आनी थी कि कुमार ने एक लम्बा सांस खींचकर अलका के हाथों को तीन-चार बार सूंघा। अलका के हाथों से वही गंध आ रही थी जो रात में कुमार को सपने की हांडी से ओई थी। और कुमार को डर लगने लगा कि जिस तरह उसने सपने में उस हंडिया के पकवान को बेसबरी से खाया था, उसी तरह वह अलका के जिस्म को बेसबरी से खाने लगेगा।

पर आज कुमार ने सपनों से बेलिहाज़ होने की ज़िद ले रखी थी। कॉफी का एक लम्बा घूंट लेकर कुमार ने कहा

"अगर तुम्हें सारी उमर यही कपड़े पहनने पड़ें अलका!"

"तो अलका उर्फ गद्दिन बन जाऊंगी, जिस तरह अलका उर्फ जिन्नी बनी थी, या अलका उर्फ डैविल नहीं थी!"

"अलका उर्फ परी! मैंने रात सपने में तुम्हें एक परी समझा था।"

"परी का मतलब होता है परोंवाली। फिर आपने झुंझलाकर परी के पंख नहीं तोड़ दिए?"

कुमार एक मिनट सोच में पड़ गया। फिर हारी हुई हंसी से कहने लगा, "तुम मुझे क्या समझती हो अलका? बहुत बेरहम दिल हूं मैं!"

"रहम की मुझे कभी ज़रूरत नहीं पड़ी, इसलिए किसी के रहमदिल होने या बेरहम होने से मुझे कुछ फर्क नहीं पड़ता।"

"पर तुम यह तो सोचती हो कि मैं परी के पंख तोड़ देने वाला आदमी हूं।"

"ज़रूरत पड़े तो उसके पैर भी तोड़ देने वाला आदमी!"

कुमार चुप हो गया। फिर धीरे से बोला, "यह तुमने ठीक कहा है अलका। जिस रास्ते पर मैं जाना न चाहूं, अगर मेरे पैर मेरे कहने में न हों, तो मैं ऐसा आदमी हूं जो अपने पैर भी तोड़ ले।"

"मैं जानती हूं।"

"रात को सपने में मैंने देखा था कि मैं जंगल में भेड़ें चरा रहा हूं... सवेरे उठकर मुझे लगा जैसे मेरी सारी तस्वीरें भेड़ें बन गई हों...मैं तस्वीरों

को भेड़ें नहीं बनने दूंगा...तुमने एक दिन कहा था कि सपनों के पैर सीधे होते हैं और प्रयास के पैर उलटे। आज तैं तुमसे शर्त लगा सकता हूं, कि प्रयास के पैर सीधे होते हैं, और सपनों के उलटे।"

"शर्त भले ही रख लीजिए, पर मुझे डर है कि कहीं यह शर्त उलटी न आ पड़े।"

"कैसे ?"

"यही कि शायद इसका उलटा-सीधा देख़ने में ही सारी उमर गुज़र जाए।"

"मेरे पास उमर इतनी फालतू नहीं कि इसका उलटा-सीधा देखने में बिता दूं। मैं काम करना चाहता हूं।"

"और काम सपनों के सीधे पैरों से नहीं हो सकता? –सीधे पैरों से, सीधे हाथों से।"

"जो हाथ जिस्म के खिलबाड़ में उलझ जाएं, वे काम नहीं कर सकते। मैं जिस्म के अंधेरे में खो जाना नहीं चाहता!"

"मेरे खयाल में ज़िन्दगी का रास्ता जिस्म की रोशनी में मिलता है।"

"रोशनी मन की होती है अलका, तन की नहीं!"

"जिसके तन में मन रोशन हो, वह जिस्म अंधेरा नहीं हो सकता।"

देखने को अलका की बात भारी पड़ रही थी, इसलिए कुमार खीझ उठा। अलका से उसने यह बात इसलिए नहीं चलाई थी कि वह अपना नुक्ता-नज़र अलका को समझा सके, या अलका का समझ सके। पर बात खुद ही यह मोड़ ले गई थी। इसलिए कुमार ने बात का रुख बदल दिया। उसके मन में खीझ थी, और वह चाहता था कि अलका भी खीझ उठे। कहने लगाः

"जिस्म अंधेरा हो या रोशन, पर तुम आज बीस रुपये नहीं कमा सकोगी।"

"न सही।"

"ये रहे उस दिन के नदी वाले पैसे।"

"अच्छा!"

"शायद कभी न कमा सको।"

"न सही।"

"फिर क्या करोगी?"

"बेरोज़गार लोग क्या करते हैं? कुछ नहीं करते।"

कुमार का खयाल था कि उसने अलक को बड़ी कटीली बात कही थी, इसलिए अलका ज़रूर झुंझला उठेगी। अगर उसकी आंखों में आंसू नहीं भी उतरेंगे, तो उसकी आवाज़ में आंसू ज़रूर उतर आएंगे। पर कुमार ने देखा कि अलका बड़े आराम से अपने बाजू के खुले कुों को मिला रही थी, और बाहर बरामदे में पानी का घड़ा लेकर लौटे हुए हरिया को आवाज़ देकर कह रही थी कि कॉफी के खाली प्यालों को उठाकर ले जाए।

कुमार को अपनी कहीं हुई बात पर पछतावा हुआ, और दिल की कड़वाहट को हटानें के लिए बोला–

"इधर देखो, रोशनी की ओर!"

"क्यों?"

"तुम्हारी आंखें भर आई हैं।"

"वह किसलिए?"

"मेरी बात रुलानेवाली नहीं थी क्या?"

"होगी, पर मैं रो नहीं सकती।"

"क्यों?"

"क्योंकि जिस दिन मैं इस राह पर चली थी, आंखों के सारे आंसू पीकर चली थी।"

"अलका!"

अलका ने कोई जबाव न दिया, और पहाड़ी कपड़े उतारकर उसने अपने कपड़े पहन लिए। अलका जब चली गई तो कुमार को लगा कि बेगानगी का यह रास्ता, जो अलका के सूखे आंसुओं से भीगा हुआ था, बहुत फिसलन-भरा रास्ता था! और किसी दिन... किसी दिन इस रास्ते से कुमार का पैर ज़रूर फिसल जाएगा, और वह अपनत्व की गहरीं खाइयों में जा पड़ेगा।

पांच

अगले दिन सुबह अलका आई तो कुमार रोज़ की तरह मेज़ पर काम नहीं कर रहा था। चारपाई पर लेटे हुए कुमार ने अपना सिर चारपाई के पाये पर रखा हुआ था। एक हाथ से वह पाये को सहला रहा था जैसे वह काफी देर से पाये के साथ अपने दुःख-सुख की बातें करता रहा हो।

"तबीयत ठीक नहीं है! क्या?"

"ठीक है।"

"रात को देर तक काम करते रहे होंगे?"

"नहीं।"

"कुछ पढ़ते रहे क्या?"

"नहीं यूं ही नींद उचट गई थी।"

रातें चाहे अंधेरी हों चाहे उजली, कुमार रात को पहाड़ी पंगडंडियों पर घूमता था। वह अक्सर अकेला घूमता। कभी-कभार वह अलका के चौबारे के सामने से गुज़रते हुए अलका को बुला लेता। पर पिछले कई दिनों से उसने अलका को नहीं बुलाया था।

"तुम कल शाम को क्या करती रही हो?"

"कल? जो रोज़ करती हूं?"

"रोज़ शाम को क्या करती हो?"

"कुछ भी...कभी औरतों के साथ चश्मे से पानी भरने भी चली जाती हूं।"

"तुम खुद पानी भरने जाती हो? वह बनिये का लड़का पानी भरा करता था?"

"अब भी भरता है। यूं कभी नहीं न कभी औरतों का साथ मुझे अच्छा लगता है। वे पानी भरते हुए ढेरों गीत गाती हैं।"

"तुम भी उनके साथ गाती हो?"

"कई बार।"

"और क्या करती हो शाम को?"

"कई बार मैं उनके साथ मटर ताड़ने चली जाती हूं।"

"और जब मटरों का मौसम न हो?"

"मोंगरे तोड़ने चली जाती हूं, मिर्चें तोड़ने चली जाती हूं, पालक की पत्तियां तोड़ने चली जाती हूं। और कुछ नहीं तो उनके साथ धान फटकने बैठ जाती हूं..."

"और?"

"और कई बार उनसे मैं गलीचे की बुनाई सीखती हूं।"

"वह किसलिए?"

"गलीचे में जब फूल बनते हैं तो मुझे अच्छे लगते हैं।"

"और?"

"कई बार नाथी और रामो मुझसे पढ़ने के लिए आ जाती है।"

"वे क्या पढ़ती है?"

"उनके खाविंद फौज में गए हुए है। उनका दिल चाहता है कि वे अपने खाविंद को खुद खत लिखें।"

"तुम कल शाम को क्या करती रही हो?"

"कल सालिया के बूढ़े बाप के घुटनों पर तेल मलती रही हूं। उसके घुटनों पर बड़ी सूजन थी। उनकी गाय बीमार थी, सालिया और उसकी घरवाली उसकी दवा-दारू में लगे हुए थे।"

"तुमने इन सबके साथ सम्बन्ध जोड़ लिए हैं...कितनी आसानी से तुम रिश्ते जोड़ लेती हो...तुम झट किसी को बहन कह लेती हो, किसी को

अम्मां, किसी को बापू!...परसों मैं चश्मे के पास से गुजर रहा था। मेरे पैरों की आवाज़ सुनकर चश्मे की अन्धी मां मुझसे तुम्हारी बात पूछनें लगी। उसे रोष था कि तुम तीन दिन से उसके पास नहीं गई हो। उसकी बेटी उसे ठिठोली कर रही थी कि तीन दिन से अम्मां की लाठी खोई हुई थी...पर अलका!"

"जी।"

"तुम्हारा और मेरा क्या रिश्ता है?"

"बीस रुपयों का रिश्ता?"

कुमार ने एक सांस लिया, और सिरहाने के नीचे हाथ डालकर बीस रुपये निकाले।

"ये लो अपने बीस रुपये।"

"पर आपने कहा था कि अब मैं ये रुपये कभी न कमा सकूंगी।"

"कहा था, पर ..."

"मुझे रोज़गार छूटने का कोई शिकवा नहीं।"

"आगे का मुझे पता नहीं, पर ये तुम्हारे पिछले हिसाब के देने हैं।"

"पिछले?"

"हां।"

"कब के?

"रात के।"

"आज रात के? इस गुज़र चुकी रात के?"

"हां।"

"वह कैसे?"

"मेरा इकरार था कि मुझे जब भी तुम्हारे जिस्म की ज़रूरत पड़ेगी, मैं बीस रुपयों से उस ज़रूरत की कीमत दूंगा।"

"हां, पर रात को मैं यहां आपके पास नहीं थी!"

"तुम रात को यहां थीं अलका, सारी रात यहां थीं।"

"सपने में?"

"हां, सपने में।"

अलका हंस पड़ी।

"यह हंसने की बात नहीं अलका! जिस इकरार को कोई दिन में पूरा कर ले, रात को खुद ही उस इकरार के सामने झूठा पड़ जाए, उसे क्या कहा जाए?"

"उसे यह कहा जाए कि वह अपने-आपसे गलत इकरार न किया करे।"

"मुझे गलत या ठीक की बहस में नहीं पड़ना; पर जो इकरार मैंने अपने-आपसे किया हुआ है, वह मैं ज़रूर पूरा करूंगा। अगर मेरे सपने मेरा इकरार तोड़ेंगे तो मैं उसकी कीमत दूंगा।"

"फिर तो मेरा इन्तज़ार पक्का हो जाएगा।"

"तुम्हारा मतलब है कि मुझे ऐसे सपने रोज़ आया करेंगे? यू डैविल..."

"मेरा यह नाम पुराना पड़ गया है, आज कोई नया नाम रखना चाहिए था।"

गुस्से में कुमार के हाथ कांपने लगे। चारपाई के पाये को उसने दोनों हाथों में इस तरह कसा कि अगर पाये की जगह उसके हाथों में अलका का गला होता, तो वह सचमुच घुट गया होता।

"किसी चीज़ का कोई बदल नहीं होता..." अलका ने हंसकर कहा, और पाये के पास बैठती हुई बोली, "अगर मेरा गला दबाने का दिल है तो दबा दीजिए। लकड़ी के पाये से अपने हाथ क्यों छीलते हो?"

कुमार ने सचमुच ही चारपाई से उठकर दोनों हाथ अलका के गले में कस दिए। हाथों के छूने की देर थी कि कुमार को लगा कि जैसे उसके हाथ गुस्से में नहीं, अलका के अंग-अंग को छूने की तड़प से कांप रहे थे।

कुमार ने हाथ इस तरह झटककर अलका की गर्दन से दूर हटा लिए जैसे वे भूले-भटके आग की लपट से छू गए हों।

"माई गॉड..." कुमार ने माथे से घबराहट की बूंदे पोंछी।

"आखिर ईश्वर को याद करने का भी तो कोई समय चाहिए!" अलका हंसी।

"तुम्हारा बस चले तो मुझे बॉन गॉग बनाकर छोड़ो!"

"वॉन गॉग?"

"एक बार वह किसी लड़की से मिलने गया था..."

"फिर?"

"उसे देखकर लड़की के बाप ने लड़की को दूसरे कमरे में भेज दिया।"

"रात का वक्त था। मेज़ पर मोमबत्ती जल रही थी। वॉन गॉग ने मोमबत्ती की लपट पर अपना हाथ रख दिया।"

"क्यों?"

"उसने लड़की के बाप को कहा कि वह उतनी देर तक मोमबत्ती की लपट पर हाथ रखेगा जितनी देर तक वह लड़की उसके सामने खड़ी रहेगी। ...तुम इस दीवानगी को समझ सकती हो?"

"हां।"

"मैं नहीं समझ सकता।"

"उस लड़की का बाप भी नहीं समझ सका होगा।"

"नहीं, वह भी नहीं समझ सका था। कमरे में जब जलते हुए मांस की बू फैल गई तो लड़की के बाप ने हाथ मारकर मोमबत्ती बुझा दी और उस दीवाने को कमरे से निकाल दिया।"

"अपनी दीवानगी की कीमत खुद ही चुकानी पड़ती है।"

"पर मैं यह कीमत चुकाने के लिए तैयार हूं। यह दीवानगी मुझे कतई मंजूर नहीं।"

"यह दीवानगी हर किसी के हिस्से नहीं आती। वॉन गॉग और अलका जैसे लोग कभी-कभी ही पैदा होते हैं।"

अलका ने जब वॉन गॉग से अपनी तुलना की तो कुमार को हंसी आ गई।

"अगर तुम वॉन गॉग के काल में पैदा हुई होतीं तो बेचारे को इतने दुःखों में से न गुज़रना पड़ता!"

"शायद मैं इस जन्म में उस लड़की का हिसाब ही चुकता कर रही होऊं,

जिसने जलते हुए मांस की बू तो सूंघ ली थी, पर साथ के कमरे से बाहर निकलकर नहीं आई थी।"

"यू आर क्रेज़ी!"

"सिर्फ इतना खयाल रखना कि 'क्रेज़' छूत की बीमारी होती है।"

"यह छूत की बीमारी तुम्हें और वॉन गॉग को ही हो सकती है, मुझे नहीं हो सकती..."

कुमार ने लापरवाही से अलका का हाथ पकड़ा। हाथ को पहले अपने माथे से छुवाया, फिर अपनी आंखों से, फिर अपने होंठों से, और फिर अपनी गर्दन से। और फिर कहने लगा–

"मैं तुम्हारे हाथों को चाहे एक बाद छुऊं और चाहे हज़ार बार, मुझे यह छूत की बीमारी नहीं हो सकती!"

"यह बीमारी होनी हो तो बिना छुए भी हो जाती है..." अलका ने भी लापरवाही से जवाब दिया।

हवा बहुत तेज़ चल रही थी। अलका की पीठ खिड़की की तरफ थी। अलका ने अपने बालों को चाहे कई बार अपने कानों के पीछे किया था, पर माथे की छोटी-छोटी लटें नहीं टिकती थीं। कुमार ने आगे झुककर अलका के माथे पर बिखरे हुए बालों को मुट्ठी में भरा, और फिर उसके होंठों के सांस में से एक गहरा सांस भरकर बोला, "कोई जर्म मुझपर असर नहीं कर सकता!"

"जर्म इतने सांसों में नहीं होते जितने खयालों में होते हैं।" अलका ने कहा, और साथ के कमरे में जाती हुई बोली, "आओ काम करें।"

कुमार के पैर आदत की तरह साथ के कमरे में चले गए। उसके हाथों ने एक आदत की तरह मेज़ की बत्ती जलाई, पर उसे लगा कि वह अभी इस कमरे में नहीं आया था, वह अभी अपने सोने के कमरे में ही खड़ा था।

"मेरा खयाल है कि मुझे बीस रुपये और खर्चने पड़ेंगे..." कुमार ने कहा, और अलका का हाथ पकड़कर उसे फ़िर पहले कमरे में ले आया।

कुमार ने कमरे का दरवाज़ा भिड़का दिया, और खिड़की के पर्दे को ठीक

करते हुए बोला, "यह सिर्फ जिस्म की मुहताजी है अलका! और कुछ नहीं। अगर तुम्हारी जगह इस समय मेरे पास कोई और औरत होती, तो भी इसी तरह होता।"

कुमार की बात बड़ी अस्वाभाविक थी, अत्यंत अमानवीय। अलका की जगह अगर कोई और औरत होती तो वह इस बात को सह न पाती। अलका ने सिर्फ सहन ही नहीं किया, उसने इस बात को समझा भी, और चुपचाप अपने कपड़े उतारने लगी।

"समझी?" कुमार ने पूछा।

"समझ गई हूं मैं, आप नहीं समझे।"

"मैं नहीं समझा? मैं क्या नहीं समझा?"

"अपनी बात को।"

"मैं अपनी बात को नहीं समझा?"

"आप यह भी नहीं समझे कि आपने यह बात क्यों कही है; आपको यह कहने की ज़रूरत क्यों पड़ी। अगर मेरी जगह कोई और औरत होती, तो आपको यह कहने का खयाल न आता।"

"क्योंकि कोई भी ऐसे समय ऐसी बात न कहता।"

"इसलिए कि लोगों के मन का रिश्ता कोई नहीं होता। सिर्फ दो घड़ी के लिए वे रिश्ते का भ्रम डालना चाहते हैं। यह भ्रम चुप रहने से भी पड़ सकता है। इसलिए लोग चुप रहते हैं...पर जब किसीको रिश्ते से डर लगता हो, तो खामोशी इस डर को बढ़ा देती है, इसलिए उसे बोलना पड़ता है, डर को तोड़ना पड़ता है।"

"पर बीस रुपये का रिश्ता कोई ऐसा रिश्ता नहीं हो सकता जिससे किसी को डर लगे... बीस रुपये दिए, रिश्ता बन गया, न दिए टूट गया।"

"जैसा आपकी मर्ज़ी हो सोच लीजिए। पर कई रिश्ते ऐसे भी होते हैं जो न लफ़्ज़ों की पकड़ में आते हैं और न रुपयों की पकड़ में।"

कुमार ने एक हाथ से अलका को अपनी तरफ खींचा, पर अलका की बात सुनकर उसने दूसरे हाथ से अलका को परे हटा दिया। उसके मन में आया कि

जो रिश्ता लफ़्ज़ों की पकड़ में नहीं आ सकता, और जो रिश्ता रुपयों की पकड़ में नहीं आ सकता उस रिश्ते को बांहों की पकड़ में भी नहीं लाना चाहिए।...

रिश्ता दिखाई नहीं देता था, पर जिस्म दिखता था। रिश्ता जाने कितनी दूर था, पर जिस्म बहुत नज़दीक था।

"रिश्ते को तुम खोजती रहो, मुझे सिर्फ तुम्हारा जिस्म चाहिए। कुमार ने कहा, और अलका के हाथ को इस तरह कसकर पकड़ा जैसे अब अलका ने उसको अस्वीकार कर दिया हो।

कुमार की कोहनी अलका की पसलियों में चुभ रही थी। अलका ने कहा कुछ न था, पर कुमार को लग रहा था कि उसे सांस लेना मुश्किल हो रहा है। मुश्किल से सांस लेते हुए अलका के होंठों को कुमार ने अपने होंठों में इस तरह कसा, जैसे वह अलका की सांस तोड़ देना चाहता हो। अलका का जो अस्तित्व कुमार की आवश्यकता बना हुआ था, उसी अस्तित्व से वह दुखी हुआ था। कुमार को अपनी नाड़ियों में उबलता हुआ खून आग की तरह गर्म लग रहा था, और आज वह जैसे-जैसे अलका के कोमल बदन को अपने लोहे की तरह जलते हुए शरीर से लगा रहा था, वह सोच रहा था कि वह कोमल-सी लड़की इस लोहे से टूटती क्यों नहीं।

कुमार जल-जलकर हार गया, और फिर रोशनदान से आती हुई सूरज़ की किरण में उसने देखा कि अलका वैसी की वैसी रेशम के गुच्छे की तरह उसकी बांहों में इकट्ठी हुई पड़ी थी।

कुमार ने जब कपड़े पहनकर कमरे की अलमारी खोली तो अलमारी में से बीस रुपये निकालकर अलका को देते हुए उसने कोई ऐसी बात करनी चाही, जो अलका को दुखा सके। पर उसे कोई, बात न सूझी। कुमार के होंठों पर बात कोई न आई, पर एक ऐसी मुस्कराहट उभर आई जो देखने वाले का अपमान कर रही थी।

कुमार के हाथों से रुपये लेते हुए अलका के होंठों पर भी एक मुस्कराहट आई...पर ऐसी मुस्कराहट, जो सारे अपमान को पीकर एक मान से भर गई हो।

"चालीस रुपये रोज़! बीस रात के सपने के, और बीस दिन के सपने की पूर्ति के!" अलका ने कहा।

"तुम्हारा खयाल है कि तुम रोज़ रात को मेरे पास एक सपना बेच सकोगी? मुझे आज के बाद तुम्हारा कोई सपना नहीं आएगा।"

"तो फिर रोज़ रात को जागते रहना..." अलका ने कहा, और चारपाई से उठकर कपड़े पहनने लगी।

दुपहर तक अलका जिस तरह चुपचाप काम करती रही, दुपहर के बाद उसी तरह चुपचाप उठकर घर चली गई।

कुमार ने रोटी खाई, कुछ घंटे और काम किया, और दिन ढलते ही वह सामने के पहाड़ पर घूमने चला गया।

रात गहरी हो गई थी जब कुमार लौटा। हरिया ने रोज़ की तरह रोटी बनाकर चूल्हे की धीमी आग में गर्म रखी हुई थी। कुमार ने रोटी खाई, और अब वह अपनी चारपाई पर सोने लगा तो उसे आनेवाली नींद से डर-सा लगने लगा। वह चारपाई से लपककर उठ बैठा, और उसे लगा कि वह सो गया तो वह नींद से भीगी हुई पगडंडी से फिसलकर सपने के गहरे कुंए में जा पड़ेगा।

छः

अपनी जवानी के भरपूर साल कुमार ने आसानी से काट लिए थे। दौलत उसे इस तरह लगती थी जैसे अपने हुनर के एवज़ में अपनी रोटी-कपड़े का ज़िम्मा उसने एक बार उसे सौंप दिया हो, और फिर बार-बार उसे कुछ कहने से सुरखरू हो गया हो। दौलत ने खुद ही जैसे कुमार के लिए पहाड़ की इस वादी में एक घर बना दिया था नहीं तो उसने इतना भी उसे नहीं कहना था। शोहरत उसे हमेशा इस तरह लगती थी जैसे एक बूढ़ी मां अधिक देर अपने बिगड़े हुए बेटों के पास रहती है—क्योंकि उन्हें दुनियादारी की बड़ी ज़रूरत होती है, पर कभी-कभी वह अपने अच्छे बेटों के पास आकर अपना दुखः-सुख रो जाती है। इसलिए वह जब भी आती थी, कुमार उसके पास बैठकर उसकी बातें सुन लेता था। और उसे जब भी जाना होता कुमार उसकी गठरी उठाकर मोड़ तक छोड़ आता था। ये बातें अब भी वैसी थीं, जैसी कुमार की जवानी के समय। पर कुमार की जवानी को उसके जिस्म की जिस भूख ने कभी नहीं सताया था, वह कुमार को अब सताने लगी थी। इस भूख का भी कुमार को इतना दुखः नहीं था अगर उसे मालूम होता कि यह सिर्फ जिस्म की भूख थी। वह हंसकर इस भूख को दुलरा लेता। जल्दी नहीं तो देर से दुलरा जाती, दुलरा तो जाती ही। पर कुमार अपने मन की गहराइयों में डर रहा था कि कहीं यह भूख सिर्फ अलका के जिस्म की भूख न हो। जिसका मतलब था कि उसके खयाल और उसके सपने सारी उमर के लिए अलका के रहम पर हो जाएंगे। कुमार ने हमेशा उन लोगों को कोसा था जिन्होंने अपने सपने चांदी से तौल दिए थे, या शोहरत को बेच दिए थे, या किसी को मुहब्बत करके हमेशा के लिए उसकी नज़र के मुहताज़ हो गए थे।

अलका ने दौलत में, शोहरत में, औरत में जो अन्तर कुमार को बताया था, उसे कुमार भी जानता था। दौलत और शोहरत की गुलामी को मुहब्बत की गुलामी से नहीं मिलाया जा सकता था। जब कोई मुहब्बत के सामने अपने

सपने बेचता है तो आंसुओं के भाव बेचता है—पर कुमार को किसीके रहम पर जीना पसंद नहीं था। न पैसे के रहम पर, न शोहरत के रहम पर, और न ही औरत के रहम पर।

इन्हीं दिनों कुमार को दिल्ली से उसके एक दोस्त का ख़त आया कि दिल्ली में उसने एक बहुत बड़ा होटल बनवाने को ठेका लिया था। कुछ साल हुए एक नुमाइश के लिए कुमार को उसके इस दोस्त ने बुलाकर तीन महीने अपने पास रखा था। कुमार की सहायता से उसने पूरे सत्तर हज़ार रुपये कमाए थे। कुमार ने उसके लिए कई पैवीलियन बनाए थे। उसीने कुमार के हिस्से में से पहाड़ी वादी में बहुत-सी ज़मीन लेकर कुमार के लिए स्टूडियो बनवा दिया था। अब फिर उसी दोस्त का ख़त आया था। वह कुमार को दो महीनों के लिए दिल्ली बुला रहा था। कुमार को चाहे पैसे की ज़रूरत नहीं थी, पर वह कुछ देर के लिए अलका से दूर जाकर अपने मन की हालत को ज़रूर समझना चाहता था इसलिए उसने दिल्ली जाने का फैसला कर लिया।

पूरे तीन दिन कुमार ने अलका को कुछ नहीं बताया। पर आखिर बताए ही चलना था।

"आप जाइए, मैं यहीं रहूंगी। मुझे अमृतसर नहीं जाना।" अलका ने कहा।
"पर तुम दो महीने वहां क्यों नहीं चली जाती हो? तुम्हारे पिताजी ने तुम्हें कई बार बुलाया है।"

"चली जाऊंगी। दो-तीन दिन के लिए मिल आऊंगी।"

"पर यहां अकेली क्या करोगी?"

"आपने एक बार कहा था, कि अगर कुछ पैसे आ गए तो बाग के पार के कोने में आप कुछ स्लेटों की छतें डालकर कुछ झुग्गियां बनाएंगे।"

"वह तो मैं उन लोगों के लिए सोचता हूं, जो कभी इस वादी में रहकर कुछ काम करना चाहें।"

"मैं भी उन लोगों में से हूं। मैं यहां रहना चाहती हूं। किसीके घर में किराये का कमरा लेकर रहना अब मुझे अच्छा नहीं लगता।"

"पर तुम्हें यहां रहना ही कब तक है अलका! और छः महीने या एक साल। तुम्हारे पिताजी अब तुम्हारा विवाह करना चाहते हैं।"

"मैं न रहूंगी तो मेरे जैसा कोई और रहेगा। पर अब आपके पास कुछ पैसे आ जाएंगे, अब झुग्गियां ज़रूर डलवा दीजिए।"

"लौटकर आऊंगा तो सोचेंगे।"

"मुझे आप उनका डिज़ाइन बना दीजिए... ।"

"और तुम मेरे आने तक उन्हें बनवा लोगी?"

"हां।"

"अकेली केसे बनवाओगी!"

"चेतू चाचा सारा काम करेगा। सामान खरीदेगा, और मज़दूर भी। उसके भी कुछ पैसे बन जाएंगे। आजकल उसे पैसे की बड़ी ज़रूरत है। उसे इस साल अपनी छोटी बेटी का विवाह करना है। इसलिए वह काम करने के लिए खुशी से तैयार हो जाएगा।"

"पर पैसे तो तब आएंगे, जब मैं वहां जाकर कमा लूंगा।"

"मैं अभी अपने पास से खर्च देती हूं। आप वहां से भेज दीजिएगा, या वापस आकर लौटा देना।"

कुमार जानता था कि अलका अमीर लड़की थी, और उससे बढ़कर मनआई करनेवाली। वैसे भी इस बात में उसकी किसी दलील को काटा नहीं जा सकता था। उसने अलका के कहने पर दो दिनों में ही झुग्गियों के डिज़ाइन बना दिए। चेतू चाचा को बुलाकर अलका को सारा काम सौंप दिया, और खुद दिल्ली जाने की तैयारी कर ली।

अच्छी-भली सुबह गुज़री, अच्छी-भली दोपहरी बीती, पर इस गांव में बीतनेवाली आखिरी शाम ने जाने क्या किया कि कुमार को लगा जैसे वह उदास है। उदासी शायद कई दिनों से उसकी तरफ सरकती आ रही थी, पर वह इस तरह पंजों के बल दुबककर आई थी कि कुमार कों उसके आने की आहट तक न मिली। उसने तब जाना, जब वह प्रत्यक्ष उसके सामने आ खड़ी हुई।

'सो तुम आ गई हो!' कुमार ने उदासी के चेहरे की ओर देखा। उसका गेहुंआ रंग शाम की लालिमा में छिप रहा था। उसने कोई जवाब न दिया, सिर्फ थोड़ा-सा मुस्कराई, और धीमे से कुमार का हाथ पंकड़कर उसे बाहर

बगीचे में अमरूदों के एक पेड़ के पास ले गई।

'बगीचे के इस कोने में अलका की झिलमिलाती झुग्गी बनेगी...'

'हां। पर वह इस झुग्गी में कितने दिन रहेगी?"

'जितने भी रहे ...'

'और इन दिनों की कीमत मैं सारी उमर के दर्द उसे दूँगा!'

'कभी तुमने उस कीमत को भी देखा है जो उसने तुम्हें पाने के लिए दी है, अब भी दे रही है, और आगे भी न मालूम कब तक देगी?'

'ओह...!'

'तुमने उसके जिस्म का मोल बीस रुपये आंका, उसने वह भी स्वीकार कर लिया।'

'मैंने वास्तव में उसका मोल नहीं आंका था। मैंने अपने और उसमें अन्तर बनाए रखने के लिए ये रुपये बिछा दिए थे।'

'मैं जानती हूं। पर तुम उसके इस साहस की ओर नहीं देखते, जिसने इस अपमान को भी अपना मान बना लिया?'

'यह तुमने ठीक कहा।'

'तुमने एक तरह से उसे वेश्या तक कहा।'

'मुझे यह नहीं कहना चाहिए था।'

'उसने इस लफ़्ज को भी ज़मीन से उठाकर उस ऊंची जगह पर रख दिया, जिस जगह पर सिर्फ बीवी का लफ़्ज ही रखा जाता है।'

'मुझे याद है, उसने कहा था–जिस आसानी से मैं वेश्या बन सकती हूं, उसी आसानी से बीवी भी!'

'तुम्हें यह खयाल नहीं आया क़ि उस जैसी औरत अगर वेश्या भी होती, तो सिर्फ एक ही मर्द की?'

'मुझे उसका अपमान करने का कोई हक नहीं था। पर तुम्हें मालूम है, मैं किस बात से डरता था...'

'तुम मुझसे डरते थे।'

'क्योंकि मैं यह जानता था कि तुम हरएक खुशी को बड़ी जल्दी सूंघ लेती हो।'

'खुशी वस्तुओं में नहीं होती, खुशी मन की अवस्था में होती है। मैं वस्तुओं को सूंघ सकती हूं, उनके पीछे पड़ सकती हूं, पर मैं किसीके मन की अवस्था को कुछ नहीं कह सकती।'

'मैं अलका को पाना नहीं चाहता, क्योंकि मैं उसके खो जाने से डरता हूं।'

'इसलिए मैं तुम्हारे पास आ गई हूं, पर अलका के पास जाने की हिम्मत मुझमें नहीं।'

'यह भी मैं जानता हूं, कि तुम एक बार जिसके पास आ जाती हो उसके संग-संग रहती हो। मैं उमर-भर तुम्हें लिए-लिए घूमूंगा।'

'मैं तुम्हारे कई काम संवारूंगी।"

'कौन-से काम?'

'तुम जब तस्वीरें बनाओगे, मैं उनकी आंखों में काजल लगा दिया करूंगी...'

'पर ...'

'मैं जिन लोगों की दवात में स्याही भरती हूं, जानते हो उनकी कलम में से कैसे गीत निकलते, हैं?'

'पर जिन हाथों में कलम पकड़ी हुई हो या ब्रुश पकड़ा हुआ हो, तुमनें कभी उन हाथों की किस्मत देखी है?'

'किस्मत को वस्तुओं के गज़ से नहीं मापना चाहिए।!

'न सही। आकांशा के गज़ से सही। पर यह अवस्था केसी है। हर सांस के साथ ही मेरी छाती में एक दर्द जाग उठता है ...

कुमार ने अपना नीचे का होंठ अपने दांतों में काटा, और आंखें बंद करके बायें हाथ से अपनी छाती को दबाया।

"आपकी तबीयत ठीक नहीं..." अलका ने धीरे से अपना एक हाथ कुमार के कंधे पर रखा। कुमार ने गर्दन घुमाकर देखा, अलका उसके पीछे खड़ी थी। कुमार चुपचाप अलका के चेहरे की ओर देखता रहा। फिर उसने

कन्धे पर रखा हुआ अलका का हाथ धीरे से अपने हाथ में लिया और होंठों पर रख लिया।

कुमार चुपचाप अलका का हाथ पकड़कर धीरे-धीरे बगीचे से बाहर आ गया और बाहर की कच्ची सड़क से होता हुआ सामने के पहाड़ की पगडंडी पर चढ़ने लगा। कहीं-कहीं कोई कंटीली झाड़ी अलका के कपड़ों में उलझ जाती थी। कुमार आगे-आगे चलता, टहनियों को हाथ से हटाता, अलका के लिए रास्ता बनाते हुए पहाड़ की पगडंडी पर चढ़ता गया।

एक जगह एक चौड़ा पत्थर आसन की तरह बिछा हुआ था। कुमार ने अलका को उस पत्थर पर बिठा दिया। खुद भी उसके पास बैठ गया। फिर धीरे से उसने अलका का सिर अपनी छाती की उस जगह से सटा लिया जहां उसे सांस लेने में दर्द हो रहा था।

एक ठंडी मरहम कुमार की छाती से लग गई। वह दायें हाथ की तली से अलका के बालों को सहलाने लगा। अलका के लिए यह इतना नया अनुभव था कि वह उससे इस अनुभव का ताप न सह सकी। तिप्-तिप् उसकी आंखों से आंसू उमड़ आए।

कुमार ने अपनी तली से अलका के आंसू पोंछे, और फिर धीरे से उसके होंठों को चूमता हुआ बोला, "पगली! तुम तो कहती थीं कि मैं जब इस रास्ते पर चली थी तो आंखों के सारें आंसू पीकर चली थी?"

अलका का गला भर आया। वह कुछ बोल न सकी। कुमार ने एक छतराए पेड़ की तरह अलका को अपने गले से लगा लिया–एक कोमल-सी बेल को अपने गले से लगा लिया।

अलका की हिचकियां बंध गाईं। कुमार ने एक-एक हिचकी को चूमा, और फिर अलका का माथा चूमकर बोला, "तुम मुझे माफ नहीं कर सकती? मैंने तुमसे बहुत सख्तियां की हैं!"

अलका ने अपनी कांपती हुई उंगलियों से कुमार के होंठ चुपा दिए। फिर एक गहरा सांस लेकर बोली, "मैंने सख्तियों की आदत बना ली थी, इसीलिए मैं कभी नहीं रीई थी। पर मैंने इस नर्मी की आदत नहीं बनाई थी..."

कुमार की ज़िन्दगी में यह शायद पहला अवसर था कि कुमार की आंखें सजला गईं। उसने भीगी आवाज़ से कहा, "अगर तुम कहो तो दिल्ली न

जाऊं। मैं काम करने के लिए नहीं जा रहा, मैं तुमसे भागकर जा रहा हूं।"

अलका कुमार के चेहरे की तरफ देखने लगी। चन्द्रमा ने बादल का एक टुकड़ा हाथ से दूर हटाया, और कुमार के चेहरे की तरफ देखने लगा। वह भी शायद अलका की तरह चकित था।

"जिसने घने जंगल में चांदनी का जादू न देखा हो, उसे मेरी हालत का पता नहीं चल सकता। तुम्हारा जादू इस चांदनी से भी गहरा है, जादूगरनी!" कुमार ने अलका की गर्दन को अपने होंठों से छुआ।

अलका की गर्दन को कुमार के होठों ने भी छुआ, और होंठों से निकलकर एक गहरी सांस ने भी।

"आप बड़े उदास हैं।"

"इतना मैं ज़िन्दगी में कभी उदास नहीं हुआ।"

"चांदनी का यह जादू कैसा है! जादू उदासियां देते हैं?"

'उनकी दी हुई हर चीज़ के पीछे एक गहरी उदासी होती है। क्योंकि जादू उतर जानेवाली चीज़ है।"

"मेरा जादू भी उतर आएगा?"

"अब मेरे अपने बस में कुछ नहीं रहा अलका! सब कुछ तुम्हारे बस में हो गया है। यह जादू तुम्हारे रहम पर रहेगा।"

"आप इसीलिए उदास हैं?"

"मैंने इस जादू को तोड़ने की पूरी कोशिश की थी। मैंने इसीलिए तुम्हारे जिस्म की बीस रुपये कीमत रखी थी। सोचता था सारा हिसाब साथ के साथ निपट जाएगा...पर जिन औरतों के साथ हिसाब निबटाए जाते हैं, उनके पास जादू नहीं होते!.."

"अगर हिसाब निबट जाता, आप खुश होते?"

"मैं बड़ा स्वतंत्र होता, इसीलिए खुश होता। खुश अब भी हूं शायद इतना खुश पहले कभी नहीं हुआ। पर इस खुशी में एक अजीब तरह का दर्द मिला हुआ है। तुम्हें एक बात बताऊं..."

"क्या?"

"जैसे-जैसे यहां से जाने का समय निकट आता गया, वैसे-वैसे मेरी छाती में दर्द होने लगा। सचमुच का दर्द, जैसा निमोनिया में सांस लेते समय होता है। पर मैंने जब तुम्हारा सिर अपनी छाती से लगाया, मेरा दर्द जाता रहा। यह एक बहुत बड़ी मुहताजी हो गई है..."

कुमार ने अलका के सिर पर रखा हुआ हाथ उठा लिया और उसने अपनी दोनों आंखें ढक लीं। एक टूटती-सी आवाज़ कुमार के मुंह से निकली, "मैंने आज तक हर स्वाद से अपने-आपको मुक्त रखा हुआ था। छुटपन में मां जब गर्म परांठे बनाती थी तो मैं जान-बूझकर रात की बासी रोटी खाया करता था कि कहीं मेरी जीभ को किसी स्वाद की आदत न पड़ जाए... अलका...अलका. ..देख, मैं किस तरह तुम्हारे अधीन हो गया हूं।"

चुप की चुप बैठी हुई अलका को कुमार ने दोनों बांहों से झकझोरा, "अलका, मुझे बताओ कि कभी मुझे छोड़ तो नहीं जाओगी? इस चांदनी का जादू कभी न उतरेगा?...इस मेरी छाती में जब दर्द होगा, तुम अपना सिर मेरी छाती पर रख दिया करोगी?...अलका...अलका. ..अगर तुम कभी मुझे छोड़कर चली गई..."

अलका ने अपनी दोनों आंखें इस तरह भींच लीं, जैसे वह अपने सारे के सारे आंसू पी रही हो–सिर्फ अपने ही नहीं, कुमार के आंसू भी।

"तुम बोलती क्यों नहीं?"

"इसलिए कि मेरा जादू चल गया है।"

"तुम बहुत खुश हो अलका?"

"मैं बड़ी उदास हूं।"

"क्यों उदास हो?"

"मुझे नहीं मालूम था कि मेरे जादू का यह असर होगा।"

"तुम जो कुछ चाहती थीं, तुमने पा लिया। अगर कुछ गंवाया है, तो मैंने गंवाया है। तुमने नहीं गंवाया।"

"मैं इसीलिए उदास हूं कि आपको वह गंवाना पड़ा, जिसे आप गंवाना नहीं चाहते थे।"

"पर मैं अपनी स्वतंत्रता को गंवाए बिना तुम्हें नही पा सकता, अलका! मैं तुम्हें पाना चाहता हूं।"

"मुझे पाने का खयाल छोड़ दीजिए।"

"यह तुम कह रही हो, अलका?"

"हां।"

"पर मैं तुम्हारे बिना रह नहीं सकता...मेरे जिस्म में एक आग जैसी भूख जग उठी है।"

"मैं आपकी कीमतों पर ही आपको अपना जिस्म दे दिया करूंगी।"

"पर बीस रुपये देकर तुम्हारे जिस्म को लेना तुम्हारे जिस्म का अपमान है, अलका!"

"मुझे यह कभी अपमान नहीं लगा। फिर भी कभी नहीं लगेगा।"

"पर मुझे यह हमेशा लगता रहा हैं कि मैं तुम्हारा अपमान करता हूं।"

"पर यह अपमान करके आप खुश होते थे।"

"क्योंकि इस तरह मेरी स्वतंत्रता पास रहती थी।"

"वह अब भी आपके पास रहनी चाहिए।"

"पर मैं दो चीज़ें नहीं पा सकता, अलका! मुझे एक चीज़ खोनी पड़ेगी। तुम्हीं बताओ, तुम दोनों चीज़ें पा सकती हो?"

"हां।"

"मुझे भी, और स्वतंत्रता को भी?"

"मैंने दोनों पाई हैं।"

"यह तुम कैसे कह सकती हो–अगर कल मैं दिल्ली चला जाऊं तो वहां मैं दो महीने रहूंगा। क्या तुम सोचती हो कि वहां मैं किसी और औरत के पास नहीं जा सकता?"

"जा सकते हो, पर जाओगे नहीं। जाओगे भी तो मैं आपके साथ होऊंगी। आप अकेले नहीं जाओगें।"

"यह कैसे हो सकता है?..."

"जाकर देख लीजिएगा।"

"पर मैं यह देखकर क्या करूंगा...मैं तुम्हें पाना चाहता हूं।"

"मुझे आप कभी नहीं पा सकते।"

"कब तक नहीं पा सकता?"

"जब तक आपकी मुहब्बत और उसकी स्वतंत्रता मिलकर एक नहीं हो जाती।"

"पर ये दोनों अलग-अलग चीज़ें हैं, अलका! ये कैसे मिल सकती हैं? कभी नहीं मिल सकतीं!"

"जिस दिन ये दोनों मिल जाएंगी, उसी दिन के बाद आप उदास नहीं होंगे।"

"पर अलका..."

"आओ चलें...आपको सुबह बहुत जल्दी उठना है।"

"मुझे सुबह उठने की कोई जल्दी नहीं।"

"आपको सुबह की गाड़ी से दिल्ली जाना है।"

"मैं दिल्ली जाकर क्या करूंगा!"

"काम करोगे।"

"तुम मेरे साथ चलोगी?"

"मैं यहीं रहकर काम करूंगी।"

"झुग्गियां डलवाओगी?"

"हां।?

"लौटकर बनवा लेंगे।"

"मैंने लकड़ी मंगवा ली है। छत के लिए स्लेटें भी कल आ जाएंगी। मिस्त्री और मज़दूर कल सुबह आठ बजे आ रहे हैं।"

"उसकी कोई बात नहीं। पर क्या तुम चाहती हो कि मैं अकेला जाऊं?"

"हां, मैं चाहती हूं कि आप अकेले जाएं।"

"तू मुझे पाना चाहती थी, अलका! अब जब मैं अपना सब कुछ तेरे हवाले कर रहा हूं, तू कुछ भी नहीं पाना चाहती?"

"इस बात का जवाब मैं फिर दूंगी।"

"कब?"

"जब आप लौट आएंगे।"

उस रात कुमार को सोते समय एक अजीब खयाल आया कि कल सवेरे जब वह दिल्ली आ जाएगा, तो मीलों की दूरी उसे उदासी की कंदरा में ले जाएगी।

सात

कुमार दिल्ली चला गया। उसका दोस्त उसे स्टेशन पर लेने आया था। कुमार उसे पांच साल बाद मिल रहा था। पर कुमार को भी, और उसके दोस्त को भी लगा जैसे वे पांच साल बाद के नहीं, पच्चीस साल के बाद मिल रहे हों, और इन पच्चीस सालों में उन दोनों की जून बदल गई हो।

"लोग कहते हैं कि उमर के साथ चेहरे का तेज ढल जाता है। जब मैं गाड़ी के डिब्बों को देख रहा था तो सोच रहा था कि अब तुम्हारे बाल सफेद हो गए होंगे। चेहरे पर उमर की झुर्रियां पड़ गई होंगी। अगर ज़्यादा नहीं तो कुछ मोटे हो गए होंगे। और साथ ही पहाड़ों में रहते-रहते तुम्हें ढंग से कपड़े पहनने की आदत भी नहीं रही होगी..." केवलकृष्ण चकित होकर बार-बार कुमार के चेहरे की ओर देखते हुए बोलता गया, "पर कमाल है! तुम पहले भी खूबसूरत थे। पर इतने नहीं। सुबक-से, बुत की तरह तराशे हुए हो! जाने तुम वहां किस चश्मे का पानी पीते हो! तुम्हारे चेहरे पर... शायद इसीको चेहरे पर नूर की आमद कहते हैं..."

कुमार चुप रहा। उसने ज़रा हंसकर केवलकृष्ण की ओर देख भर लिया। केवलकृष्ण कुमार के साथ पढ़ा करता था। कुमार के साथ ही उसने 'आर्ट' का अध्ययन किया था। पर धीरे-धीरे उसका संबंध सरकारी दफ्तरों से इतना जुड़ गया कि उसके लिए उसने कई छोटे-छोटे आर्टिस्ट नौकर रख लिए थे। एक फर्म के मालिक से बढ़ते-बढ़ते वह एक अच्छा ठेकेदार बन गया था। दिल्ली में उसकी अपनी कोठी थी, अपनी गाड़ी थी, और जैसे-जैसे रुपया बैंक में बढ़ता गया वैसे-वैसे उसके शरीर का मांस भी बढ़ता गया, और जितना उसके शरीर का मांस बढ़ता गया, उतना ही उसका रंग फीका पड़ता गया। बड़े-बड़े महंगे कपड़ों को भी उसके बदन पर देखकर ऐसा लगता था जैसे दिल्ली के दर्ज़ियों को कपड़े सीने की जांच भूल गई हो...पर यह सारी बात कहने की नहीं थी, इसलिए कुमार ने कुछ न कहा।

केवलकृष्ण ने अपनी कोठी में एक एकान्त कमरा कुमार के लिए सजा रखा था। कुमार ने कुछ देर आराम किया, फिर उसने केवलकृष्ण के साथ बैठकर काम का पूरा ब्योरा समझा। केवलकृष्ण ने उसे बताया कि होटल बनाने बालों की मुख्य शर्त यह है कि होटल किसी तरह भी विदेशी होटलों की नकल न हो। वे ऐसा भारतीय माहौल उभारना चाहते थे आज तक भारत के किसी और होटल में न था। वे साज-संगीत आदि भी एकदम भारतीय रखना चाहते थे। पिछले अनुभव से केवलकृष्ण को विश्वास हो गया था कि कुमार की कल्पना में एक ऐसा नयापन था जो विदेशों का अनुकरण करनेवाले आर्टिस्टों में कभी नहीं आ सकता था।

वास्तविक शब्दों में जिसे पन्द्रह दिन और पन्द्रह रातों का व्यतीत कहते हैं–कुमार ने उसे इस काम में लगा दिया। काम का नक्शा उभर आया। इस दिमागी मेहनत के बाद अब ज़्यादा काम कागज़ी मेहनत का था। केवलकृष्ण ने कुमार की सहायता के लिए दो नये मेहनती आर्टिस्ट दे दिए।

होटल के सबसे बड़े कमरे के वातावरण में दूसरे कमरों से वैशिष्ट्य आवश्यक था। मालिकों ने सबसे पहले उसी कमरे का भीतरी ब्योरा तैयार करने को कहा था। उसे तैयार कर लेने के बाद जैसे काम का काफी हिस्सा पूरा हो गया। ।

कुमार ने कमरे के चारों कोनों में चार बुत दिखाए। एक बुत में सारंगी बज रही थी, एक में सितार! एक में शहनाई, और एक में बांसुरी। कुमार ने बताया कि जिस समय सारंगी का रिकार्ड लगाना होगा, सारंगी वाले बुत में रोशनी जल उठेगी। बाकी तीन कोनों के बुत अंधेरे में रहेंगे। जिस समय सितार का रिकार्ड लगाना होगा सितार के बुत की रोशनी जल उठेगी, और बाकी के तीन बुत अंधेरे में रहेंगे। इसी तरह सार बुत क्रम से अपने संगीत के अनुसार रोशन होंगे।

कुमार जब से दिल्ली आया था उसने अलका को कोई खत नहीं लिखा था; अलका को सोचा तक नहीं। इसमें उसके काम ने उसे बहुत सहायता दी थी। बीस-इक्कीस दिन के बाद अलका का ही एक छोटा-सा खत आया, जिसमें उसने बगीचे की झुग्गियों के विषय में लिखा था, और उसी के बारे में कुछ पूछा था। जैसे साधारण सवाल थे, कुमार ने एक खत से वैसा ही जवाब दे दिया। साथ ही केवलकृष्ण से लेकर दो हज़ार रुपया भी भेज दिया।

एक महीना गुज़र गया। कुमार को न अलका की सुधि ने सताया, और न किसी गहरी उदासी ने। तीन-चार बार कुमार नें अलका को सपने में ज़रूर देखा, पर सपने में किसी किस्म की तल्खी नहीं होती थी। अलका चुपचाप कोई तस्वीर बना रही होती; या वह बाग को पानी दे रही होती, और या मुंह दूसरी ओर घुमाकर कोई किताब पढ़ रही होती। इन साधारण-से सपनों ने न तो कुमार के मन में कोई लहर उठाई, और न जिस्म में। वैसे कुमार थोड़ा हैरान था कि अलका को देखते ही उसके जिस्म में जो आग सुलग उठती थी, किसी सपने में भी उस आग का सेंक क्यों नहीं था। यह बात कुमार को अच्छी लग रही थी। उसे लग रहा था कि उसके स्वभाव की स्वतंत्रता दिनोंदिन उसके पास लौट रही थी।

करीब डेढ़ महीना हो चला। कुमार को विश्वास हो गया कि अब जब वह अलका के पास लौटेगा तो यह उसके लिए, और अलका के लिए एक नया अनुभव होगा। उसे लगता था जैसे उसने अपने जिस्म की भूख को जीत लिया हो। अन्तर के किसी कोने में वह अलका का आभारी था कि उसने ज़ोर देकर उसे दिल्ली भेज दिया था; और कुमार सोच रहा था कि अगर कहीं उस रात अलका भी उस चांदनी के जादू में आ जाती, तो कुमार शायद सारी उमर के लिए एक मानसिक गुलामी सहेज लेता। उसे विश्वास होता जा रहा था कि उस रात उसने जो कुछ अलका को कहा था वह जंगल में छिटकी हुई चांदनी के असर में कहा था। वह सिर्फ दिमागी उलझाव था, जो चांदनी में समुन्दर की लहरों की तरह उमड़ आया था।

अपनी इस स्वतंत्रता को परखने के लिए कुमार को एक खयाल आया। केवलकृष्ण चाहे उसका पुराना दोस्त था, पर कुमार ने जो अपनी जवानी में ही बुज़ुर्गी का वेश ओढ़ लिया था, उस कारण केवलकृष्ण ने कभी कुमार के साथ उसकी व्यक्तिगत ज़िन्दगी की कोई बात नहीं पूछी थी। फिर कुमार को यह बात कठिन न लगी। एक दिन उसने केवलकृष्ण को कहा कि वह इतने दिन लगातार काम करके बहुत थक गया था। एक दिन वह खाली रहकर शराब पीना चाहता था। उस रात उसे एक औरत भी चाहिए थी।

"अच्छा।" केवलकृष्ण ने छोटा-सा उत्तर दिया। कुमार ने किसी खास रात की बात नहीं की थी, इसलिए इस बात को वह भी भूल गया।

चार-पांच दिन बीते होंगे। कुमार जब एक रात अपने कमरे में लौटा तो

उसके कमरे में एक बीस-बाईस साल की लड़की बैठी हुई थी। कुमार को केवलकृष्ण से कही हुई बात फिर भी याद न आई। उसने समझा कि उस लड़की ने गलती से यह कमरा केवलकृष्ण की बीवी का समझ लिया था, जिससे वह वहां बैठी हुई थी।

वह लड़की कुर्सी से उठ खड़ी हुई। वह हंसी-जैसे पहले से जानती हो। कुमार को उसकी हंसी परायी-सी लगी। कुमार के आधे उतारे हुए कोट को उसने आगे बढ़कर थाम लिया, और कोट की दूसरी बाजू उतरवाकर कोट को खूंटी पर टांग दिया। कुमार हैरान था।

कुमार अभी चकित खड़ा हुआ था कि उस लड़की ने मेज़ पर रखी हुई शराब की बोतल को सधे हुए हाथों से खोला और गिलास में बर्फ डालकर उसने एक भरा हुआ गिलास कुमार के सामने कर दिया।

कुमार को बात याद आ गई, पर वह हैरान था कि केवलकृष्ण की पिछली शामें सारी की सारी उसके साथ बीती थीं, उसने खाना भी उसीके साथ खाया था, पर इस लड़की के बारे में उसने कुछ नहीं बताया था।

शराब का गिलास उसने पकड़ लिया। पर कमरे में खड़े हुए उसे यह नहीं महसूस हो रहा था कि कमरा उसका था, और आज उसके कमरे में कोई मेहमान आया हुआ था। उसे लग रहा था जैसे वह अपने कमरे में जाते हुए भूल से किसी दूसरे के कमरे में आ गया था।

"बैठिए..." उस लड़की ने जब हाथ से कुर्सी की तरफ इशारा किया तो कुमार को खयाल आया कि अभी तक वह खड़ा हुआ था।

कुमार चुपचाप कुर्सी पर बैठ गया, और उसने अपने हाथ में पकड़े गिलास में से एक घूंट लेकर उस लड़की के चेहरे की तरफ़ इस तरह देखा जैसे उसीसे पूछ रहा हो, बताओ अब तुमसे क्या बात करूं।

लड़की ने शराब का एक और गिलास भरा, और कुमार की तरफ देखती हुई हाथ ऊंचा उठाकर कहने लगी, "आपकी सेहत के लिए!"

कुमार ने मुस्कराकर उस लड़की की तरफ देखा। वह खूबसूरत थी। उसके होंठ कुछ मोटे थे, पर उसके मुख पर फब रहे थे। उसका जिस्म गठा हुआ था। उसकी पीठ का काफी हिस्सा नंगा था, और कुमार को खयाल आया कि अगर पीठ का इतना हिस्सा नंगा रखना हो तो जिस्म की गठन

इससे कुछ कम होनी चाहिए, और साथ ही माथा कुछ और चौड़ा। और कुमार को खुद ही खयाल आया कि वह लड़की को देखते हुए इस तरह जांच रहा था जैसे उसे सामने बिठाकर उसे पेंट करना हो।

जाने कुमार से यह कैसे पूछा गया, "एक रात के कितने रुपये केवल ने देने तय किए हैं?" लड़की चुप-सी रह गई। कुमार ने सोचा नहीं था कि वह यह बात पूछेगा। पूछने की ज़रूरत भी नहीं थी। कुमार को खुद ही अपनी बात अच्छी न लगी।

"आप रुपयों की फिकर न करें। केवल साहब ने मुझे दे दिए हैं। साथ ही ऐसे वक्त ऐसी बात नहीं करते..." लड़की ने कहा, और मेज़ पर पड़ी हुई शराब की बोतल लाकर कुमार के गिलास में डालने लगी।

'जब मन का रिश्ता कोई न हो, तो लोग रिश्ते का भरम डालना चाहते हैं। यह भरम चुप रहने से ही पड़ सकता है। इसलिए ऐसे मौकों पर लोग चुप रहते हैं..' कुमार को अचानक अलका की कही हुई बात याद हो आई, और साथ ही अलका भी याद हो आई।

"यू डैविल!" कुमार के मुंह से निकला।

लड़की घबराकर कुर्सी से उठ खड़ी हुई और कुमार ने चौंककर उसकी ओर देखा, "मैंने तुम्हें नहीं कहा!"

कुमार हाथ में पकड़े हुए गिलास को एक सांस में पी गया, और गुसलखाने में जाकर कपड़े बदलने लगा।

कुमार जब कमरे में वापस आया तो वह लड़की कुमार के बिस्तर में लेटी हुई थी। बिस्तर की चादर उसने ओढ़ी हुई थी। अपने उतारे हुए कपड़े तहाकर उसने मेज़ पर रख दिए थे।

बिस्तर की ओर न आकर कुमार ने मेज़ की दराज़ खोली और सिगरेट निकालकर पीने लगा। कुमार को सिगरेट पीने की आदत नहीं थी। गांव में वह कई-कई महीने सिगरेट नहीं पीता था। शहर में जब कभी वह रंग लेने के लिए जाता था तो साथ में सिगरेटों की दो डिब्बियां भी ले आता। यहां दिल्ली आकर उसने दो डिब्बियां खरीदी थीं जो पिछला सारा महीना खत्म नहीं हुई थीं। पर आज कुमार ने एक सिगरेट पी, दूसरी पी, और फिर दूसरी सिगरेट की आग से तीसरी सुलगा ली।

"आप बहुत सिगरेट पीते हैं? सभी आर्टिस्ट बहुत पीते हैं..." उस लड़की ने कहा। कमरे की खामोशी टूट गई। कुमार ने हाथ के सिगरेट को राख़दानी में रख दिया।

कुमार बिस्तर के पास खड़ा होकर काफ़ी देर लड़की के चेहरे की ओर देखता रहा। फिर उसने हाथ से उस पर ओढ़ी हुई चादर की नुक्कर एक ओर हटाई। चादर कन्धे से हटाई, छाती से हटाई, कमर हटा तक दी। कुमार जाने क्या सोच रहा था। अगर इस वक्त उसे कोई देखता, तो उसे लगता जैसे कुमार एक डॉक्टर था, और मरीज़ को बड़े गौर से देखते हुए उसके मर्ज़ के बारे में सोच रहा था।

उस लड़की ने कुमार के खयालों को तोड़ते हुए पूछा, "आप दिल्ली में नहीं रहते?"

"मैं?"

"केवल साहब कहते थे कि आप कहीं पहाड़ पर रहते हैं। वहां आप अकेले रहते हैं, अगर मैं वहां अकेली रहती होऊं तो मुझे बड़ा डर लगे।"

'डर?...मुझे क्या डर है यहां!' कुमार को अलका के शब्द याद हो आए।

"यू डैम..." कुमार के मुंह से निकला।

लड़की घबराकर चारपाई पर उठ बैठी।

"सॉरी, तुम्हें नहीं कहा!" कुमार ने नर्मी से कहा, और फिर उससे पूछा, "तुम्हारा नाम क्या है?"

"कांता।"

"तुम रात को वापस कैसे जाओगी?"

"अगर जल्दी खाली हो गई, तो टैक्सी लेकर चली जाऊंगी, नहीं तो सुबह चली जाऊंगी।"

कुमार को खयाल आया कि इस लड़की को जल्दी फारिग हो जाना चाहिए। लड़की के साथ बिस्तर में बैठते हुए उसने बत्ती बुझा दी।

कुमार पल-भर बैठा रहा। और दूसरे ही पल चौंककर उठ खड़ा हुआ, और खिड़की की तरफ देखते हुए बोला, "बाहर खिड़की के पास कोई खड़ा

हुआ है।"

"उस तरफ बगीचा है। इस वक्त बगीचे में कोई नहीं हो सकता।"

"अभी कोई उधर से गुज़रा है। उसकी छाया खिड़की पर पड़ी थी।"

कांता बिस्तर से उठ बैठी। अपने ऊपर चादर लपेटकर उसने एक हाथ से खिड़की का पर्दा हटाया और बाहर बगीचा देखकर बोली, "आप खुद देख लीजिए। सड़क की रोशनी बगीचे में पड़ रही है। बगीचे में किसीकी छाया तक नहीं..."

कुमार ने भी कांता के पास जाकर खिड़की से बाहर देखा। बाहर कोई नहीं था।

कांता बिस्तर पर लौट आई। कुमार ने खिड़की का पर्दा ठीक किया और कांता के पास जाकर बिस्तर पर बैठ गया।

"आप अब भी खिड़की की तरफ देख रहे हैं। मान लीजिए आपको ऐसे ही शक हो गया। वहां कोई नहीं आ सकता।" कांता ने कुमार की बांहों पर अपना हाथ रखा। कुमार ने खिड़की से ध्यान हटा लिया, और दोनों आंखें मीचकर कांता पर ओढ़ी हुई चादर को एक तरफ हटाने लगा।

कुमार के हाथ ठिठक गए, "बाहर किसीके चलने की आवाज़ आ रही है।"

"बगीचे से चलने की आवाज़ आ ही नहीं सकती।" कांता ने कहा।

"खिड़की की तरफ नहीं दरवाज़े की तरफ। बाहर लकड़ी के फर्श पर कोई चल रहा है।"

कांता आहट लेने लगी। कहीं कोई आवाज़ नहीं थी। वह कुमार के हाथ को झकझोरकर बोली, "अगर आपने शराब ज़्यादा पी होती तो मैं समझती नशे में हैं। पर आपने तो जमकर पी भी नहीं।"

"मैं नशे में नहीं, कांता! बाहर सचमुच कोई चल रहा है। पैरों की आवाज़ साफ सुनाई दे रही थी।"

"अगर कोई बाहर आया भी हो, तो क्या है! मैंने दरवाज़े की सांकल चढ़ा दी है।"

कुमार ने चुपचाप अपना सिर सिरहाने पर रख दिया। कांता ने कुमार

का हाथ पकड़ा और उसकी बांह को अपनी पीठ के गिर्द लिपटा लिया।

"तुमने कांच की इतनी चूड़ियां क्यों पहन रखी है?"

"कांच की चूड़ियां?"

"इनके खनकने की इतनी आवाज़ हो रही है!"

"पर मैंने तो कांच की कोई चूड़ी नहीं पहनी हुई!"

कुमार चौंककर पलंग पर उठ बैठा। उसने कमरे की बत्ती जलाई, और कांता की दोनों खाली कलाइयों की तरफ देखा।–"फिर वह चूडियों की आवाज़ कहां से आई थी?"

कांता ने कोई जवाब नहीं दिया। कुमार का सारा बदन कांप रहा था। कांपते होंठो से उसने कांता को टैक्सी के पैसे लेकर चले जाने के लिए कहा। उसकी तबीयत ठीक नहीं थी। सोकर शायद ठीक हो जाए।

कांता कुछ न बोली। चादर को अपने बदन से लपेटकर बिस्तर से उठ खड़ी हुई। उसने मेज़ पर पड़े हुए अपने कपड़े हाथ में लिए और गुसलखाने का दरवाज़ा भिड़काकर कपड़े पहनने लगी।

कांता चली गई। कमरे का दरवाज़ा भिड़काकर कुमार अपने पलंग पर लेटा तो उसे खयाल आया-खिड़की पर पड़ती अलका की छाया...दरवाज़े पर उसके चलने की आवाज़...और उसकी बांहों में पहनी हुई कांच की चूड़ियों की खनक...उसने जो कुछ देखा था, और जो कुछ सुना था, वह और कुछ नहीं था, यह वह रास्ता था जो पागल दिल की एक अंधेरी गुफा की ओर जा रहा था।

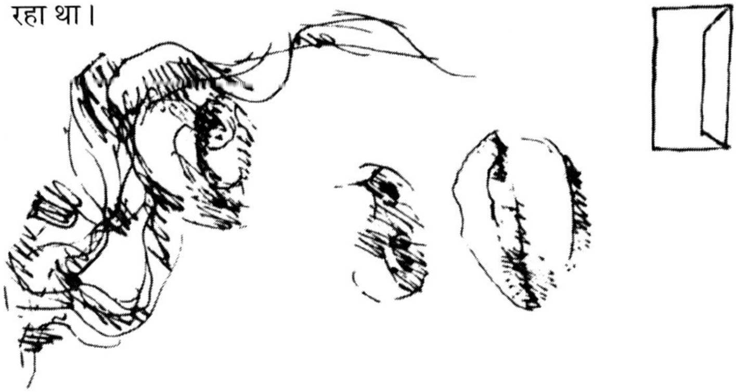

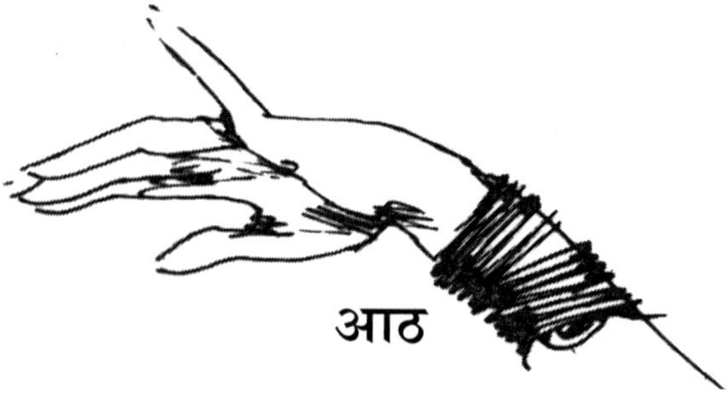

आठ

सवेरा होते ही कुमार के लिए जब नौकर चाय लेकर आया तो केवलकृष्ण भी उसके साथ था। आते ही उसने कुमार के माथे को छुआ।

"बुखार देख रहे हो?"

"मुझे डर था कहीं बुखार न हो गया हो।"

"क्यों?"

"शायद तुमने रात में बहुत पी ली थी। तुम्हें आदत नहीं ज़्यादा पीने की। सिर को चक्कर आ रहे होंगे?"

कुमार ने पलंग से उठकर चाय का प्याला बनाया, और वह प्याला केवलकृष्ण को देकर अपने लिए एक गिलास में चाय बनाकर उसने पूछा, "तुम्हें किसने कहा कि मैंने बहुत पी ली थी?"

"मैं रात सो नहीं पाया। एक बार उठकर भी आया था तुम्हें देखने के लिए, हर दरवाज़ा बन्द था, कमरे की बत्ती बुझी हुई थी। सोचा कि सो गए होंगे, इसलिए मैंने दरवाज़ा नहीं खटखटाया।"

"पर यह तुम्हें किसने कहा कि मैंने बहुत पी ली थी?"

"आधी रात के करीब कांता का टेलीफोन आया था। वह काफी डरी हुई थी।"

"और वह कहती थी, कि मैंने बहुत पी ली थी?"

"नहीं, उसने यह नहीं कहा था। मैंने ही सोचा कि शायद तुम ज़्यादा पी बैठे थे। इसलिए तुम कांता से वैसी बातें करते रहे।"

"कैसी बातें?"

"चलो छोड़ो उसकी बातों को, पर तुम्हें हुआ क्या था?"

"वह क्या कहती थी?"

"कहती थी..."

"कहते क्यों नहीं?"

"वह मुझसे नाराज़ थी कि मैंने उसे एक पागल आदमी के पास क्यों भेजा था।"

कुमार हंस पड़ा। केवलकृष्ण ने मेज़ पर पड़ी हुई बोतल को देखा, और बोला, "पर बोतल तो उसी तरह पड़ी हुई है। मुश्किल से दो गिलास लिए होंगे तुमने।"

"एक मैंने पिया था, एक कांता ने।"

"फिर तुम्हें हुआ क्या था?"

"जाने क्या हुआ था!"

"तुम्हें खिड़की में से जिन्न-भूत दिखाई देते रहे हैं?"

"जिन्न-भूत तो नहीं, एक जिन्नी दिखती रही है।"

"कांता कहती थी कि तुम्हें कांच की चूड़ियों की आवाज़ आ रही थी।"

"जिन्नी ने हरे रंग की चूड़ियां पहनी हुई थीं।"

"सच बताओ, तुम ऐसी बातें कर-करेके कांता को डरा क्यों रहे थे?"

"उसे नहीं डरा रहा था, मैं खुद डर रहा था।"

"कांता से?"

"उस बेचारी से क्यों डरता..."

"शायद तुम्हें कांता पसंद नहीं आई। पर तुम्हें उसको कुछ नहीं कहना चाहिए था। मुझे सवेरे कह देते, मैं किसी और को बुला देता।"

"इसमें कांता का कोई कसूर नहीं।"

कुमार ने केवलकृष्ण को विश्वास दिलाया कि रात में जो कुछ हुआ था। शराब का एक गिलास पी लेने की वजह से हुआ था, क्योंकि उसे शराब पीने की आदत नहीं थी। उसे चक्कर आ गया था। इसीलिए उसे खिड़की में किसी

की परछाईं दिख रही थी। इसमें कांता का कोई कसूर नहीं था। पर केवलकृष्ण को इस पर विश्वास न हुआ। उसने यही सोचा कि कुमार को कांता पसंद नहीं आई थी। वह कांता को अपने कमरे में से वापिस भेजना चाहता था, इसीलिए बहकी-बहकी बातें करता रहा।

"अच्छा, मैं तुम्हारे लिए एक बहुत खूबसूरत लड़की का इन्तजाम करे देता हूं। पैसे ज़रा ज़्यादा लेती है, पर कोई बात नहीं।" केवलकृष्ण बोला, "आज कहो तो आज, कल कहो तो कल। जब कहो।"

कुमार कुछ देर अपने दोस्त के चेहरे की तरफ देखता रहा। फिर उसने चाय का घूंट लेकर पूछा, "कितने रुपये लेती है?"

"जितने रुपयों में तुम्हारी एक पेंटिंग बिकती है।" केवलकृष्ण ने हंसकर कहा।

"क्या मतलब?"

"मेरा मतलब है कि एक साधारण पेंटिंग। यूं तो तुम्हारी पेंटिंग का हज़ार रुपया भी मिल सकता है, इससे भी ज़्यादा मिल सकता है। पर आम पेंटिंग का जैसे दो-अढ़ाई सौ रुपया मिलता है..."

"वह दो-अढ़ाई सौ एक रात का लेती है?"

"शहर में दो-अढ़ाई सौ। अगर शहर से बाहर ले जाना हो तो दो के चार देने पड़ते हैं। पर तुम रुपये के फिकर में क्यों पड़ गए?"

नौकर चाय रखकर चला गया था। वह चाय के बर्तन उठाने आया तो कुमार ने उसे और गर्म चाय लाने के लिए कहा। नौकर चला गया तो केवलकृष्ण ने कहा :

"तुम रुपयों की चिन्ता न करो, सिर्फ यह बता दो कि कब बुलाऊं। तुम कभी-कभार शहर में आते हो... वहां पहाड़ों में तुम्हें क्या मिलता होगा... वैसे पहाड़िनें होती तो खूबसूरत हैं..."

कुमार कुछ न बोला। वह मेज़ के खाने में से सिगरेट निकालकर पीने लगा। "किस सोच में पड़े हो?"

"किसी में नहीं।"

"तो आज रात उसको बुला दूं?"

"इतनी क्या जल्दी है, अभी मैं पन्द्रह दिन यहीं हूं।"

"दरअसल बात यह है कि मैं अपनी बीवी को कल उसकी मां के घर छोड़ आया हूं। उसकी मां कुछ बीमार थी। पर वह दो रातें उसके पास रहकर कल लौट आएगी, फिर मुश्किल पड़ेगी..."

"फिर रहने दो इस बात को। कभी फिर सही।"

"फिर किसी को यहां बुलाना मुश्किल हो जाएगा। किसी होटल में तो फिर भी हो सकेगा..."

"देख लेंगे..."

कुमार ने बात टाल दी। छः दिन बीत गए। सातवें दिन दुपहर को खाना खाते हुए कुमार से केवलकृष्ण ने कहा, "बात बन गई है। मेरी-बीवी अभी अपनी मां की तरफ चली गई है। उसके चाचा की लड़की बम्बई से आई हुई है। रात को वह वहीं रहेगी। मैं आज रात उसे बुला दूंगा।"

कुमार कुछ न बोला। चुपचाप रोटी खाता रहा। केवलकृष्ण ने ही फिर कहा, "बहुत खूबसूरत है। कांता कुछ भी नहीं उसके सामने!"

पानी पीते हुए कुमार की छाती में हल्का-सा दर्द हुआ। पर गिलास को मेज़ पर रखकर जब कुर्सी से उठा तो उसकी छाती में तेज दर्द हुआ।

"पानी शायद बहुत ठंडा था..." केवलकृष्ण बोला और उसने देखा कि कुमार को सांस लेने में कठिनाई पड़ रही थी। उसने कुमार को उसके कमरे में ले जाकर पलंग पर लिटा दिया।

"फ्रिज के पानी से कभी-कभी ऐसा हो जाता है। अभी ठीक हो जाएगा।" केवलकृष्ण ने कहा, और गर्म पानी में कुछ चम्मच बरांडी डालकर कुमार को पिला दिया।

कुछ देर कुमार उसी तरह उखड़े हुए सांस लेता रहा। फिर शायद बरांडी का असर हुआ, कुमार को हल्की-सी नींद आ गई।

केवलकृष्ण को किसी ज़रूरी काम पर जाना था। वह चला गया। चाहे उसे यकीन था कि अब तक कुमार की तबीयत ठीक हो गई होगी, पर वह दो

घण्टों में लौट आया। कुमार का सांस उसी तरह उखड़ा हुआ था। उसका रंग दर्द से पीला पड़ गया था।

"जब हम खाना खा रहे थे, उस वक्त तुम्हें कोई तकलीफ नहीं थी।"

"पानी पीते-पीते हुई थी।"

"कभी पहले भी हुई है इस तरह?"

"एक बार हुई थी।"

"इसी तरह? या ज़्यादा?"

"इससे कम थी।"

"तब तुमने कौन-सी दवा ली थी?

कुमार ने बात करते-करते आंखें बन्द कर लीं। शायद दर्द बढ़ गया था। केवलकृष्ण ने गर्म पानी की बोतल तौलिये में लपेटकर कुमार की छाती पर रख दी। कुमार ने एक बार आंख खोली, बोतल को देखा और एक अजीब-सी मुस्कराहट उसके होंठों पर खिल आई। शायद उसे वह दिन याद आ गया था, जब उसने अलका का सिर अपनी छाती से लगाकर कहा था, 'मेरी इस छाती में जब दर्द होगा, तुम अपना सिर मेरी छाती पर रख दिया करोगी?

केवलकृष्ण ने कुमार के माथे को छुआ। माथा गर्म था। दर्द के ज़ोर से शायद हल्का-सा बुखार हो आया था। उसने डाक्टर को बुलाने के लिए नौकर को भेज दिया।

डाक्टर आया। उसने कुमार की छाती और पीठ को देखा। एक इंजेक्शन लगाकर बोला, "रात तक फर्क पड़ जाएगा। खाने के लिए कुछ मत देना। गर्म पानी का सेंक दीजिएगा बस। अगर रात तक फर्क नज़र न आया तो एक इंजेक्शन और देना होगा। अगर बुखार बढ़ गया तो मुझे फौरन इत्तला कर दीजिएगा।"

डाक्टर चला गया। केवलकृष्ण हैरान था कि मिनटों में क्या हो गया था। कुमार भी हैरान था। इस दर्द का अहसास उसे पहली बार तब हुआ था, जब अपने गांव में अलका के साथ आखिरी शाम रह गई थी। पर तब उसे आज जितनी हैरानी नहीं हुई थी। शायद इसलिए कि उस दिन दर्द आज जितना

नहीं था। कुमार सोच रहा था कि खयालों की गांठें ज़िस्म की नाड़ियों में कैसे इस तरह उतर सकती हैं, कि नाड़ियों में सूजन आ जाए...

"अजीब बात है..." केवलकृष्ण ने कुमार पर ओढ़ाई हुई चादर के साथ एक कंबल भी जोड़ दिया और बोला, "तुम्हें यह नहीं लगता कि कोई चीज़ तुम्हें किसी बात से रोक रही है?"

"लगता है।"

"किस्मत को इस तरह ज़िद ठानते मैंने कभी नहीं देखा।"

"मैंने भी पहले कभी नहीं देखा।"

"उस दिन भी अजीब बात हुई थी।"

"हां, अजीब बात हुई थी।"

"तुम कांता को 'डैविल' कहकर बुला रहे थे। मैंने कभी तुम्हारी ज़बान से ऐसे लफ़्ज नहीं सुने थे..."

"मैंने उसे कुछ नहीं कहा था।"

"तुम्हें शायद मालूम नहीं, तुम शराब के नशे में थे..."

"मैं शराब के नशे में नहीं था।"

"बट इट इज़ समथिंग मैंटल...!"

"शायद ।"

"पर आज तुम बिलकुल ठीक थे–मैंटली अब भी ठीक हो। पर आज फिज़ीकली कुछ हो गया है–तुम जानते हो कि मैंने टेलीफोन से बात पक्की कर ली थी; अब फिर टेलीफोन करके आया हूं, उसे मना करके आया हूं..."

"वह तुमसे नाराज़ नहीं हुई?"

"बड़ी नाराज़ थी, क्योंकि मैंने सवेरे उसे बड़ी मुश्किल से मनाया था, उसे आज कहीं दूसरी जगह जाना था। खैर, कोई बात नहीं, मैं उसकी कसर फिर कभी निकाल दूंगा, वह मुझसे नाराज़ नहीं हो सकती–पर मैं उसकी बात नहीं सोच रहा था; उसका क्या है, तुम नहीं तो दूसरा सही–पर मैं तुम्हारी बात सोच रहा हूं।"

"मेरी बात है?"

कुमार ने करवट बदली। दर्द कुछ थम गया था। पर करवट बदलने से छाती में दर्द की एक लहर-सी दौड़ गई। उसने एक घुटा हुआ सांस खींचा, और गर्म पानी की एक तरफ खिसकी हुई बोतल को हाथ से ठीक किया।

"थोड़ी चाय पिओगे? चाय का कुछ हर्ज नहीं।"

"अच्छा।"

केवलकृष्णं ने चाय मंगवाई। कुमार को एक बड़े तकिये का सहारा दिया, और उसके लिए चाय का प्याला बनाने लगा। चाय के घूंट लेते हुए कुमार ने दो-तीन बार आंखें बंद कीं।

"दर्द ज़्यादा है?"

"नहीं।"

"तुम कुछ सोच रहे हो?"

"मैं सोच रहा हूं कि दुनिया में कोई ऐसी वेश्या भी होती है या नहीं, जो सिर्फ एक ही आदमी की वेश्या हो।"

"एक ही आदमी की वेश्या?"

"जो सिर्फ एक ही आदमी को अपना जिस्म दे और एक ही आदमी से उसके पैसे ले।"

"पर वह वेश्या कैसे हुई?"

"यही तो मैं सोच रहा हूं, कि वह वेश्या कैसे हुई।"

केवलकृष्ण ने कुमार के माथे को छुआ। उसे लगा कि बुखार बढ़ गया है।

डाक्टर रात को एक बार फिर आया। वह जब इंजेक्शन की सुई को और सिरिंज को गर्म पानी में साफ कर रहा था तो कुमार ने एक गहरा सांस लिया। उसे लग रहा था कि वह अपने ही खयालों की पगडंडी से फिसलता जा रहा था, और दिनोंदिन बेबसी के गहरे पाताल में उतरता जा रहा था।

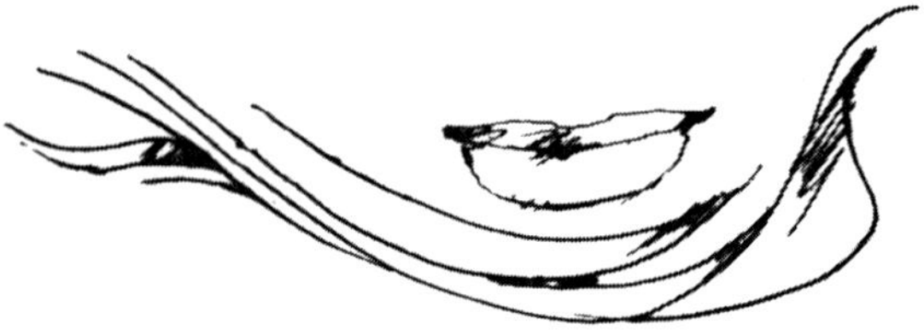

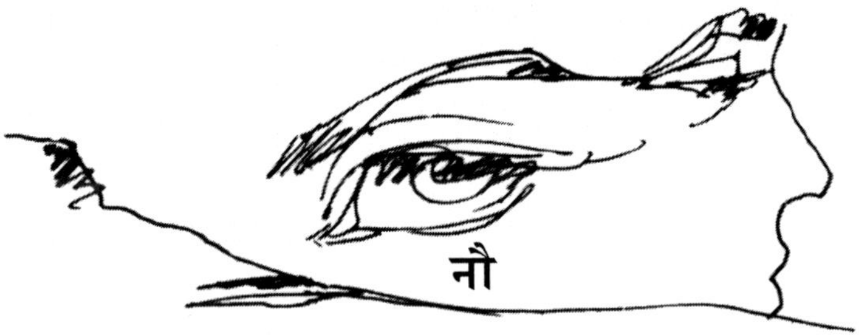

नौ

कुमार ने अलका को अपने वापस आने की खबर नहीं दी थी। बुखार टूटने के बाद उसने दिल्ली में सिर्फ दो दिन आराम किया था, और तीसरी शाम उसने वापस लौटने की तैयारी कर ली थी। इसलिए जब गाड़ी स्टेशन पर पहुंची तो चेतू चाचा को स्टेशन पर देखकर हैरान रह गया। चेतू चाचा ने आगे बढ़कर कुमार के हाथ से सूटकेस ले लिया। उसने बताया कि वह पिछले तीन दिनों से रोज़ स्टेशन पर आकर गाड़ी देख जाया करता था। अलका पिछले तीन दिनों से उसे रोज़ स्टेशन पर भेजती थी।

कुमार की ज़मीन पपरोला से डेढ़ मील दूर थी। यह डेढ़ मील चढ़ाई का रास्ता था। चेतू चाचा के आने से कुमार को आसानी ज़रूर हो गई, क्योंकि नहीं तो सूटकेस को उठाने के लिए उसे पपरोला से कोई आदमी खोजना पड़ता। पर वह हैरान था कि अलका पिछले तीन दिनों से उसे स्टेशन पर क्यों भेज रही थी।

बैजनाथ को जाती चौड़ी सड़क के दायें हाथ पहाड़ की सपाट छाती पर कुमार की ज़मीन थी। बायें हाथ की पगडंडी उतरने से पहले ही सड़क पर से जमीन का बहुत-सा हिस्सा नज़र आने लगता था। सीढ़ियों की तरह बिछे हुए धान के खेत, अनारों और अमरूदों के पेड़, और जिस हिस्से में कुमार का स्टुडियो था वह भी। कुमार ने पगडंडी के सिरे पर खड़े होकर देखा : फूलों की लम्बी क्यारियों के पार के हिस्से में नई बनी हुई झुग्गियों के स्लेटों से ढके हुए माथे संध्या की लाली में अपने मुंह उठाकर उसकी राह की ओर देख रहे थे। चेतू चाचा के हाथ में बोझा था, वह थोड़ा पीछे रह गया था। कुमार ने कुछ देर उसकी इन्तजार की, पर फिर उसके पांव बरबस पगडंडी उतरने लगे। कुमार जब झुग्गियों के पास पहुंचा तो उसे एक झुग्गी के दरवाज़े में से आग जलती नज़र आई। दरवाज़े की चौखट पर पहुंचकर उसका दिल इतना धड़कने लगा कि वह एक मिनट के लिए वहां का वहां रुक गया।

झुग्गी में बैठी अलका ने शायद उसके पैरों की आवाज़ सुन ली थी। वह चौखट पर आ गई। इस समय अगर कोई ऊंची पगडंडी से इस झुग्गी की तरफ देखता तो उसे लगता कि झुग्गी की चौखट में किसी ने दो बुत गढ़कर रखे हुए हैं।

झुग्गी के अन्दर बायीं दीवार के साथ एक कच्ची उचान थी। उचान पर ऊन का एक, पहाड़ी गलीचा बिछा हुआ था। उचान के सामने एक पेड़ का एक चौड़ा छीलदार कटाव पड़ा हुआ था, जिस पर एक सरसों के तेल का दीया जल रहा था। दीवार के कोने में मिट्टी की अंगीठी में तीन मोटी-मोटी लकड़ियां जल रही थीं। जलती हुई लकड़ियों की रोशनी अलका की पीठ की तरफ थी, इसलिए अलका के मुंह पर से यह नहीं दिख रहा था कि उसके चेहरे पर कितने रंग आए थे और कितने रंग गए थे।

सड़क से उतरकर पगडंडी पर खड़े हुए जैसे कुमार के पैर बरबस चल पड़े थे, कुमार की बांहें भी बरबस आगे बढ़ गईं, और आगे बढ़कर अलका को अपने साथ लगा लिया।

अलका ने कुमार को जब मिट्टी की उचान पर बिठाया तो कुमार का मुंह आग की रोशनी की तरफ था। अलका ने नज़र भरकर देखा, और कुमार के कंधे पर हाथ रखकर पूछा, "बीमार रहे क्या?"

"तुम्हें किसने बताया?" कुमार ने अलका की ओर देखा। पर अलका की पीठ की तरफ रोशनी होने से उसे चेहरे पर पड़ते अंधेरे में आंखें दिख सकती थीं, पर आंखों में आया हुआ पानी नहीं दिख सकता था।

"कितने दुबले हो गए हो!" अलका ने धीरे से कहा, और आग के पास ढककर रखी हुई चाय पत्थर के प्यालों में डालने लगी।

"सिर्फ दो दिन बीमार रहा था, ज़्यादा दिन नहीं।" कुमार ने कहा और अलका के हाथों से चाय का प्याला लेकर पूछा, "पर तुम कैसे जानती थीं कि मैं वापस आ रहा हूं। तुम चेतू चाचा को रोज़ स्टेशन पर क्यों भेजती रही हो? तुमने कल भी उसे भेजा था, परसों भी।"

"मेरा कोई कसूर नहीं, इस चाय का कसूर है!" अलका ने अपने प्याले से चाय का घूंट भरा और हंसकर बोली, "परसों मैंने अपने लिए चाय बनाई। केतली से चाय डालकर जब मैं प्याला उठाने लगी तो मैंने देखा कि

मैंने एक की जगह दो प्यालों में चाय भर दी थी। मुझे लगा कि आप आ रहे हैं, मैंने चेतू चाचा को स्टेशन पर भेज दिया।"

कुमार को लगा कि उसकी आंखों में उतरा हुआ पानी उसके चेहरे पर दीखने लगेगा। जैसे भी बना, हंसकर बोला, "तुममें और गांव की उस अल्हड़ छोकरी में कोई फर्क नहीं, जिसकी परात में आटा गूंथते समय अगर आटा उछल जाए, तों समझ लेती है कि आज कोई पाहुना आएगा!"

"असल में मैं चार दिनों से डरी हुई थी।"

"क्यों?"

"मुझे एक सपना आया था। सपने में आपने मुझे बड़ी आवाज़ें दीं। आप आवाज़ें देते गए, और मैं सुनती गई। मैं जहां से भी गुज़रकर आपकी तरफ आने लगूं सामने लोहे का एक जंगला आ जाता। शायद मुझे स्टेशन का खयाल रहा हो। स्टेशन पर जैसे जंगले लगे रहते हैं, वैसा ही एक जंगला हर मोड़ पर आ जाता था। आप इस तरह आवाज़ें देते जा रहे थे जैसे आपको मेरी बड़ी ज़रूरत हो। आवाज़ें सुनते-सुनते मेरी नींद खुल गई।

"अलका!"

"सवेरे उठकर मेरे दिल में आया कि दिल्ली चल दूं, पर मैं जानती थी कि आप नाराज़ होंगे।"

"मुझे सचमुच तुम्हारी बड़ी ज़रूरत थी।" कुमार ने हाथ में पकड़ा हुआ प्याला दीये के पास पेड़ के कटाव पर रख दिया, और अलका को कसकर अपने गले से लगा लिया।

"क्या ज़रूरत पड़ गई थी मेरी?"

"बड़ी ज़रूरत थी... दर्द होने लगा था, बुखार हो गया था, इसलिए..."

"बाहर कोई आया है..."

"चेतू चाचा होगा..."

कुमार उठकर झुग्गी से बाहर आ गया। चेतू चाचा सूटकेस ज़मीन पर रख रहा था। कुमार ने उसे सूटकेस दूसरी तरफ उसके कमरे में ले चलने के लिए कहा और साथ ही कहा कि वह हरिया को खाना बनाने के लिए कह दे।

कुमार ने झुग्गी में लौटते हुए देखा कि झुग्गीं की दीवार पर अलका ने एक बहुत बड़ी तस्वीर बनाई हुई थी। काली लक़ीरों में एक मर्द का चेहरा था, और लाल रंग की लक़ीरों में एक औरत का। मर्द की पीठ की तरफ एक सूरज था, पर सूरज का ज़्यादा हिस्सा अंधेरे से ढक हुआ था। औरत की पीठ की तरफ एक सूरज था, पर सारे का सारा सूरज रोशनी से भरा हुआ था। मर्द की आंखें खुल थीं, और सतर्क होकर दुनिया की ओर देख रही थीं। औरत की दोनों आंखों पर मर्द की छाया लिपटी हुई थी। कुमार काफी देर दीवार की तरफ देखता रहा, और आग की रोशनी में अलका के चेहरे की तरफ देखने लगा।

"अभी मेरे पास इतना हुनर नहीं, कि बहुत अच्छी बना सकूं।"

हुनर की तरफ कुमार का इतना ध्यान नहीं था। वह खयाल को देख रहा था। दीवार के जिस हिस्से में मर्द का बुत था, उसके पीछे बहुत कम जगह थी, जैसे वह बहुत थोड़ा रास्ता चलकर आया हो। पर अलका ने जिस राह पर से औरत को आते दिखाया था, वह रास्ता बहुत लम्बा था। उस रास्ते पर गहरे लाल रंग बिछे हुए थे, जैसे उसका रास्ता जिज्ञासा और तलाश से सराबोर हो। पर मर्द का रास्ता दलीलों से भरा हुआ था। उसके रास्ते पर अलका ने मानसिक उलझाव की गहरी छायाएं डाली हुई थीं।

कुमार ने अलका कों बांहों में लेकर उसका माथा चूम लिया, और बोला, "तुम्हारी इस औरत को प्रणाम करने को जी चाहता है!" अलका ने कुमार के कन्धे पर सर रखकर आंखें बन्द कर लीं, और शायद कान भी बन्द कर लिए, क्योंकि कुमार के मुंह से यह बात सुनने के बाद उसे और कुछ सुनने की ज़रूरत नहीं रही थी।

"जानती हो मैंने इस जगह का नाम चक्क' नम्बर छत्तीस क्यों रखा था?"

"यह नाम आपने रखा था?"

"पहाड़ों में गांवों के नाम नम्बरों पर नहीं होते। शायद और भी कहीं नहीं होते, परन्तु हमारे गांव का नाम था—चक्क नम्बर छत्तीस। साल-भर के अर्से में जब मेरे मां-बाप मर गए, तो हमारी सारी ज़मीन चाचों ने हथिया ली। मैं तब बम्बई आर्ट स्कूल में पढ़ता था।"

"आपने लौटकर ज़मीन का कुछ न किया?"

"एक बार गया था, पर ज़मीन का झगड़ा निबटना मेरे बस की बात नहीं थी। वैसे भी हमेशा के लिए गांव में नहीं रह सकता था। मुझे शहरों में रहना था।... कई सालों के बाद मेरे पास कुछ रुपये जमा हो गए, तो मैंने यहां आकर यह ज़मीन खरीद ली।"

"जैसे चक्क नम्बर[१] छत्तीस की ज़मीन लौटा ली।"

"तब मुझे ऐसा ही महसूस हुआ था। इसीलिए इसका नाम चक्क नम्बर छत्तीस रखा था। पर फिर कभी इस बात का खयाल नहीं आया। आज तुम्हारी झुग्गी में खड़े-खड़े मुझे इस तरह महसूस हुआ है, जैसे मैं उस गांव में, उसी घर में खड़ा होऊं–इसके साथ कोई तुलना नहीं उसकी–पर मेरी मां ने कमरे में इसी तरह एक चारपाई पर एक फुलकारी बिछाई हुई थी। कमरे की दीवार पर उसने लक्ष्मी की तस्वीर बनाई हुई थी–आज इस दीवार की ओर देखते हुए मुझे लगा कि जैसे मेरी मां की बनाई हुई है लक्ष्मी वहां से चलती-चलती आज यहां आ गई हो..."

इस तरह की पिघली-सी बातें करना कुमार की आदत नहीं थी। अलका इन बातों में भीगी हुई चौंकती जा रही थी कि अभी अगर कुमार को इस बात का ध्यान आ गया तो वह जल्दी से अपनी पुरानी आदत को लौटालकर अपने मन पर लोहे की परत चढ़ा लेगा। इसलिए अलका ने उसका हाथ पकड़ा और बोली, "चलिए, खाना खा लें..."

"तुम अब यहां रहती हो, या गांव में जाया करती हो?"

"यहीं। वह कमरा मैंने छोड़ दिया है।"

"मुझे दूसरी झुग्गियां नहीं दिखाओगी?"

"खाना खा लीजिए, फिर लौटकर दिखा दूंगी।"

"तुमने यहां बिजली नहीं लगवाई?"

"झुग्गियों का माहौल न बनता तब।"

"मैंने स्टुडियो के लिए बड़ी मुश्किल से बिजली ली थी। पूरा एक साल लग गया था...!"

---

१. पंजाब में छोटे-से गांव को 'चक्क कहते हैं।'

"वहां ज़रूर चाहिए थी।" ;

"पर यहां तुम्हें रात को डर नहीं लगता? चारों ओर उजाड़ है..."

"इन दिनों सिर्फ दो बार डर लगा था। पर वह इस उजाड़ की वजह से नहीं लगा था। मुझे दो बार ऐसे सपने आए थे कि मैं बहुत डर गई थी।"

"क्या?"

"एक मैंने आपको अभी सुनाया है, जब आप सपने मैं मुझे आवाज़ें दे रहे थे–एक इससे सात-आठ दिन पहले आया था।"

"सात-आठ दिन पहले?"

"मैंने सपने में देखा कि जल्दी-जल्दी कहीं जा रहीं हूं। न जाने कहां! गहरी रात थी। मैं रात के अंधेरे में चलती जा रही थी। इतना मालूम था कि सड़कें किसी शहर की हैं। फिर अंधेरे में मैंने एक खिड़की को खटखटाया। एक दरवाज़े को भी ठकोरा। नींद खुलने पर मुझे यह सपना समझ में न आया। जाने मैं कहां जा रही थी। मैंने किसी दरवाज़े को क्यों ठकोरा था... वह दरवाज़ा बन्द क्यों था... मैं समझ न सकी। पर मुझे कांफी देर डर लगता रहा।"

अलका से लिपटा हुआ कुमार का हाथ कांपने लगा, और उसके मुंह से निकला, "यू डैविल!"

अलका ने कुमार के चेहरे की ओर देखा, और बोली, "मेरा खयाल था कि अब तक मुझे डैविल कहना भूल चुके होंगे!"

कुमार ने शायद अलका की बात नहीं सुनी। उसने अलका का हाथ पकड़कर उसे गलीचे पर बिठाया। उसके दिल में आया कि वह अलका को दिल्ली की उस रात की बात सुना दे, जिस रात वह कांता के साथ बैठा हुआ था, और उनकी खिड़की पर अलका की परछाईं पड़ी थी, और उसके दरवाज़े पर अलका के पैरों की आवाज़ आई थी। पर कुमार ने अपने होंठ इस तरह भींच लिए जैसे कहीं उसके मुंह से बात निकल न जाए। उसने बात बताने की जगह अलका से एक बात पूछी, "तुमने उस दिन अपने हाथों में चूड़ियां भी पहन रखी थीं?"

अलका समझ न पाई, और अपनी दोनों बांहें बढ़ाकर बोली, "मैंने उसी दिन नयी चूड़ियां चढ़ाई थीं, शायद एक दिन पहले चढ़ाई थीं।"

बात को मन ही मन झेल पाना कठिन था, पर कुमार उसे झेलना चाहता था। उसके अपने होंठों में समा नहीं रही थी। उसने अपने होंठों को अलका के होंठों से इस तरह लगाया जैसे वह होंठों को नहीं, उस बात को चुपिया रहा हो।

कुमार ने दिल्ली में रहते सोचा था कि अब उसके ज़िस्म की भूख उसे कभी नहीं सताएगी। उसने तजुर्बा करके भी देखा था। कांता उसके बिस्तरे में लेटी रही थी, पर कुमार को उसकी भूख ने कुछ नहीं कहा था। अलका की सांस ने कुमार के जिस्म में सोई हुई आग को मालूम नहीं किन फूंकों से जगा दिया, कुमार को लगा कि उसका अंग-अंग जल रहा था। कुमार ने झुग्गी का दरवाज़ा भिड़का दिया। कोने में जलती लकड़ियों में एक और सूखी लकड़ी रखी, और जिस समय उसने अलका के जिस्म के कपड़े उतारकर अपने से लगाया उसे लगा कि यह झुग्गी एक आग का तालाब थी, और वह इसमें नहा रहा था।

कुमार दिल्ली वाली जो बात अलका से नहीं कहना चाहता था, अलका के पास से उठकर, कपड़े पहनते हुए उसे लगा कि उसने वह बात अलका को अपने रोम-रोम की ज़बान से कह दी थी।

कुमार और अलका ने जब कुमार के कमरे में जाकर खाना खा लिया तो कुमार ने हरिया को एक लालटेन जलाने के लिए कहा, और अलका से बोला, "चलो दूसरी दोनों झुग्गियां भी देख आएं।"

तीनों झुग्गियां एक सीध में नहीं थीं। एक का मुंह फूलों की क्यारियों के तरफ था, एक का पहाड़ की खाई की तरफ, और एक का मकई के खेत की तरफ। तीनों की पीठ से लगा हुआ एक सांझा आंगन था। हरएक के दरवाज़े के सामने एक चौड़ा बरामदा था, जो स्लेटों की छत से ढका हुआ था, जो एक झुग्गी के सामने से घूमकर, दूसरी झुग्गी के सामने से होकर, तीसरी झुग्गी के सामने आता था। इसी बरामदे में से गुज़रकर कुमार ने दूसरी झुग्गी का दरवाज़ा खोला, और हाथ में पकड़ी हुई लालटेन की रोशनी में झुग्गी को देखने लगा।

पहली झुग्गी की तरह इस झुग्गी की खिड़की भी ताड़ के पत्तों से ढकी हुई थी। लकड़ी की एक चिटकनी से खिड़की बंद की हुई थी। इसे खोलने के लिए सांकल की जगह कौड़ियों की एक डोरी बांधी हुई थी। बैठने के लिए

मिट्टी की एक उचान इस झुग्गी में भी उसी तरह थी, जैसी पहली झुग्गी में कुमार ने देखी थी। पर दीवार में ऊंचे-नीचे कितने ही आले थे, और हर एक आलें में एक-एक दीया रखा हुआ था।

"अगर ये सारे दीये जला दें...!" कुमार ने इतना उमड़कर कहा कि आवाज उसकी अपनी नहीं लगती थी। शायद इसीलिए अलका ने कोई जवाब न दिया।

कुमार ने लालटेन की रोशनी दूसरी दीवार पर डाली। सारी दीवार पानी की लहरों से ढकी हुई थी। चूने में नीलाथोथा मिलाकर अलका ने पानी की ये लहरें बनाई थीं। कुमार ने ध्यान से देखा, पानी की भरी हुई छाती में अलका ने एक लकीर खेंची हुई थी।

"लोग कहते हैं पानी में रेखा नहीं खिंचती।"

"आप यह कहते हैं?"

"नहीं, मैं नहीं कह सकता, क्योंकि मैं इस लकीर पर पांव रखकर खड़ा हुआ हूं।

अलका हस पड़ी।

"मुझे नहीं मालूम तुमने यह लकीर क्यों खींची है। पर मैंने इसका अपना ही अर्थ निकाला है।"

"क्या?"

"मेरे अपने मन में एक लकीर लगी हुई है। लकीर की एक तरफ बड़ा ठंडा पानी बह रहा है, और एक तरफ बड़ा गर्म!"

"एक ओर मुहब्बत, एक ओर नफरत!"

"अलका...!"

"जी।"

"मैं यही कहना चाहता था, पर कहा नहीं। तुमने खुद ही कह दिया... जाने मेरे अन्दर यह क्या है! मैं तुम्हें प्यार भी करता हूं, और नफरत भी..."

"मैं जानती हूं।"

"मैं एक पतली-सी लकीर पर खड़ा हुआ हूं। मालूम नहीं किस समय, और किस तरफ मेरा पांव फिसल जाए..."

अलका ने कुछ न कहा।

कुमार ने लालटेन वाला हाथ नीचे किया, और झुग्गी से बाहर आकर दूसरी झुग्गी की तरफ बढ़ा।

"उसमें अभी कुछ काम रहता है।" अलका ने कहा।

कुमार पीछे लौटने लगा तो उसने अलका से कहा, कि अगर उसे यहां झुग्गी में अकेले डर लगता था, तो वह कुमार के कमरे में चली आए।

"मैं यहां अपनी झुग्गी में सोऊंगी।" अलका ने पहली झुग्गी का दरवाज़ा खोला, और दीये में तेल डालकर उसकी बत्ती को ऊंचा कर दिया।

अपने कमरे में जाते हुए कुमार सोच रहा था कि इस दुनिया में और कोई औरत नहीं थी, जो उसे इस तरह बांध सकती थी। यह सिर्फ अलका थी, जिसने उसकी बांहों को, और उसके खयालों को अपने हाथों में कसकर पकड़ा हुआ था।

इस पकड़ पर कुमार को प्यार भी आता था, और गुस्सा भी आता था। और वह सोच रहा था कि अलका ने कितनी सच्ची तस्वीर बनाई थी! उसके मन के पानियों में एक रेखा खिंची हुई थी, और इस रेखा पर वह दोनों पैर रखकर खड़ा हुआ था... और कुमार को लगा, कि खड़े-खड़े अब उसके पैर थक गए थे। उसने इस लकीर पर से ज़रूर गिर पड़ना था। पर उसे यह नहीं पता लग रहा था, कि वह हमेशा के लिए मुहब्बत की तरफ गिर पड़ेगा, या नफरत की तरफ!

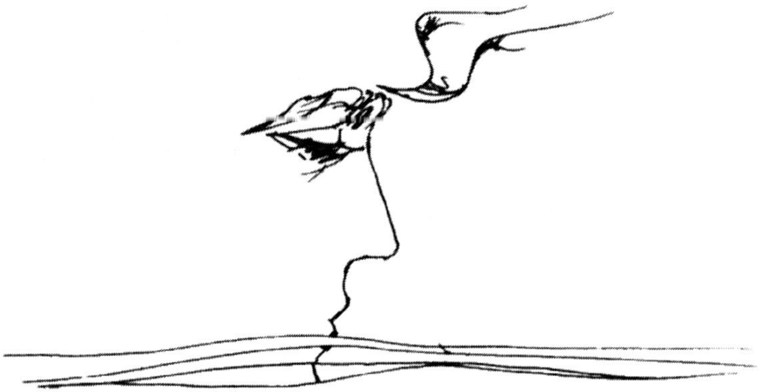

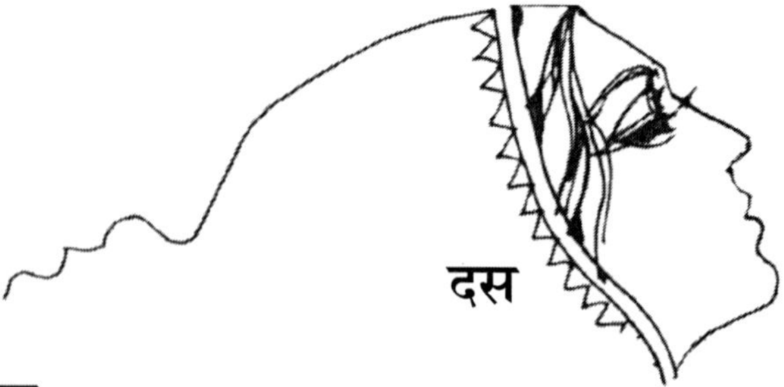

दस

कुमार अलका के लिए बारीक रंगदार सूत से बनी एक लाल धोती दिल्ली से लाया था। अलका आज जब नहाकर वही धोती बांध रही थी, तो उसे लगा जैसे एक गीत पहाड़ की पगडंडी उतरकर उसकी झुग्गी की ओर आ रहा हो। उसने कान लगाया। गीत पास आ रहा था :

‘दुःखां वाला डलडू त मेरे कन्ने देइ दे
ता होई जा अगाड़ी मेरे माहणुयां!
ओ पखलिया माहणुयां!’[१]

अलका समझ गई कि नाथी आ रही थी। नाथी को इस गीत का ओर-छोर पता नहीं था, बस एक ही पंक्ति आती थी; और नाथी जानती थी कि अलका जब बड़ी रौ में होती थी, तो वह नाथी से मिन्नत करके इस गीत को सुना करती थी। गीत काहे का, एक ही पंक्ति को फिर-फिर गाती थी। इसलिए नाथी जब अलका को मिलने के लिए, या अलका में पढ़ने के लिए आया करती थीं, तो चौड़ी सड़क से पगडंडी उतरते ही इस गीत को लटक से गाना शुरू कर देती थी।

यह गीत अलका ने जब से सुना था, वह इस गीत से बंध गई थी, ‘जाने इस घाटी में किस दिल वाली ने इस गीत को रचा होगा!’ अलका हमेशा सोचा करती थी कि वैसे तो सारे गीत ही अपने सिरों पर अपने दुःखों की डलिया उठाकर चलते हैं, पर यह गीत कैसा था! यह दूसरे के दुःखों की डलिया को सहारा देता था; और यह गीत सुनते ही हमेशा अलका को यह महसूस होता था कि पहले भी कहीं इस घाटी में कोई कुमार जैसा मर्द गुज़रा

---

१. ‘दुःखो की डलिया तू मुझे दे दे!
और तुम आगे चलो राही!
ओ मेरे अजनबी राही!’

होगा जो कहीं बंध नहीं पाता होगा; और पहले भी कभी इस वादी में कोई अलका जैसी औरत ज़रूर हुई थी, जिसने उस मर्द को कहा था, कि तुम्हारे सिर पर उठाई हुई दुःखों की डलिया को अब मैं उठा लेती हूं, तुम हलके होकर आगे बढ़ जाओ।

नाथी ने कभी इस गीत को नहीं समझा था, पर अलका की आंखें इस गीत को सुनकर जब भारी हो जाती थीं, नाथी की आवाज़ में लटक बढ़ जाती थी; और नाथी जब लटककर कहती थी, 'वे पखलिया माहणुयां, वे मेरिया माहणुयां!'–तो अलका की आंखें बौराकर उस रिश्ते को ढूंढ़ने लगतीं...जिस रिश्ते से कोई एक गीत की एक ही पंक्ति में किसीको 'मेरा' भी कह सकता है, और 'पखला' भी! नाथी ने बताया था कि 'पखला' उसे कहते हैं जो हमारा वाकिफ न हो।

नाथी ने झुग्गी में आकर शहद का भरा हुआ कसोरा पेड़ के कटाव पर रख दिया। अलका नाथी से कुमार के लिए शहद मोल लिया करती थी।

नाथी ने नज़र भरकर अलका की ओर देखा, और हंसकर अपनी छाती पर हाथ रखकर बोली, 'हाय नी अम्मां! एह खदरेना चोलू ए?'

अलका हंस पड़ी।

"नहोई-धोई के तिज्जो इतना रूप चढ़ना ऐ! मेरे मन बुरी ममता लगदी..." नाथी ने कहा, और उचान पर बैठ गई।

"तुमने यह गीत बीच ही में क्यों छोड़ दिया?" अलका ने हाथ में पकड़ी हुई कंघी आले में रख दी, और नाथी के पास गलीचे पर बैठ गई।

"घडोलू चुक्कि करी सत्त बल पई जांदे तेरे लक्के विच, दुःखां दा डलडू कुत्थू गैल-गैल लई फिरना!" नाथी हंसने लगी।

अलका जब कभी यह गीत सुनने के लिए बेचैन होती, नाथी उसे इसी तरह खपाती थी। "अच्छा, अब जब तुम्हारे रसिया का खत आएगा, मैं तुम्हें पढ़कर नहीं सुनाऊंगी!" अलका ने नाथी की एक चोटी खोल दी, और हंस पड़ी।

"भला बीबी, मैं नरेलू दिंगी! तूं चिट्ठी पढ़ी दियां।"

"नरेलू तुम फिर देना। चल आ तुम्हें चाय पिलाऊं!" अलका ने कहा, और बरामदे के चूल्हे में आंग जलाकर चाय बनाने लगी।

चाय पीकर अलका नाथी को छोड़ने चली, तो उसने देखा कि कुमार हाथ में कोई कागज पकड़े हुए उसकी ओर आ रहा था। अलका ठहर गई। कुमार ने पास आकर एक तार अलका को पकड़ा दी। अलका ने लिफाफा खोला, तार पढ़ी और कागज़ को तहाकर फिर लिफाफे में रख दिया।

"पिताजी का तार है ना?"

"हां।"

"कोई खास बात है?"

"कोई खास बात नहीं, मुझे बुलाया है।"

"कब जाओगी?"

"मुझे जाना नहीं, खत लिख दूंगी।"

"नहीं अलका, जब वे बुलाते हैं तो जाना ही चाहिए।"

"जिस काम के लिए वे बुलाते हैं, उसके लिए जाने की ज़रूरत नहीं।"

कुमार चुप रहा। वह जानता था कि जिस काम के लिए अलका को जाने की ज़रूरत नहीं थी, वह कौन-सा काम हो सकता है।

नाथी चली गई थी। कुमार अलका को लेकर वापस उसकी झुग्गी में गया, और उसने अपने कोट की जेब से एक और तार निकालकर अलका को दे दिया। यह तार भी अलका के पिताजी का ही था, पर यह कुमार के नाम था। उसमें लिखा हुआ था कि वह अलका को ज़रूर भेज दे।

"गाड़ी दुपहर को जाती है।"

"रोज़ ही दुपहर को जाती है। जिस तरह आज जाएगी, उसी तरह कल जाएगी, रोज़ जाएगी।"

"जब किसीके पैरों के आगे कोई 'मोड़' आ जाए, तो फिर उसका 'कल' कोई नहीं होता।"

"मेरे लिए कोई मोड़ नहीं, इसलिए सारे 'कल' मेरे अपने हैं।"

"मैंने अपने को छोड़ कभी किसी चीज़ पर विश्वास नहीं किया।"

"इसलिए आप इस 'कल' पर विश्वास नहीं कर सकते? मैं जानती हूं

आप नहीं कर सकते। क्योंकि इस 'कल' का वास्ता आपसे भी उतना ही होगा, जितना मुझसे, और मैं अब तक आपके लिए कोई दूसरी चीज़ हूं।"

"अलका! जब तुम यह जानती हो, तो मुझसे यह सब क्यों पूछती हो?"

"मैंने पूछा कुछ नहीं, सिर्फ उस दिन का इन्तज़ार कर रही हूं जब मैं आपके लिए एक बाहर की वस्तु नहीं रहूंगी।"

"बाहर की वस्तु बाहर की वस्तु होती है।"

"मैं कहती कुछ नहीं, पर जब वह अन्दर की चीज़ बन जाएगी, मुझे बता देना।"

"अच्छा।"

"आप न भी बताएंगे तो मुझे मालूम हो जाएगा। अच्छा, अब बताइए आप मुझे क्या करने को कहते हैं!"

"अमृतसर जाकर विवाह कर लेने के लिए।"

"एक ही विवाह?"

"और कितने?" कुमार हंस पड़ा।

"अगर मेरे एक विवाह से आपको तसल्ली न हुई तो मैं दो विवाह कर लूंगी। अगर दो से भी न हुई तो चार कर लूंगी। जितने आप कहेंगे, कर लूंगी!"

कुमार कितनी देर अलका के मुंह की ओर देखता रहा। फिर हंसकर बोला, "अच्छा जाओ, पहले एक तो करके दिखाओ!"

"देखने आओगे? देखकर आपको अच्छी तरह तसल्ली हो जाएगी।"

"काहे की तसल्ली?"

"कि आपने मुझे उस हद से परे भेज दिया था, जिस हद को पार कर कोई वापस नहीं आ सकता।"

"हां।"

"अगर फिर भी यह लगा कि मैं उस हद से परे नहीं गई, तो मुझे एक विवाह और कर लेने को कह आना।"

झुग्गी में बने हुए मिट्टी के उचान पर बैठे हुए कुमार को लगा कि उसके दिल पर, और उसके जिस्म पर अलका का टोना फिर असर कर रहा था। वह गलीचे से उठकर झुग्गी से बाहर आ गया। उसे लगा कि यह घड़ी उसकी सबसे कठिन घड़ी थी। अलका जब एक बार चली जाएगी, वह हमेशा के लिए उसके लिए बेगानी हो जाएगी।

'एक तो उसका मुख मुझपर टोना करता है, और दूसरे उसकी बातें!' डाक्टर जैसे एक मरीज़ को बताता है, कुमार ने अपने-आपको बताया और फिर उसने अपने-आपको एक नुस्खा लिख दिया, 'कानून जब उसे किसी और के नाम से जोड़ देगा, यह टोना खुद टूट जाएगा।'

कुमार ने चौखट के ,पास आकर अलका से कहा, "आज मुझे बैजनाथ जाकर एक फिल्म लानी है, लौटते देर हो जाएगी। इसलिए तुम चेतू चाचा को अपने साथ स्टेशन पर ले जाना, या उससे कहना कि तुम्हें अमृतसर छोड़ आए।"

अलका ने अपनी लाल धोती की कन्नी को अपनी मुट्ठी में कसा, और कहा, "अच्छा।"

कुमार फूलों की क्यारियों के पास से गुज़रकर उस पगडंडी पर चढ़ रहा था जो आगे जाकर बैजनाथ को जाती सड़क पर पहुंच जाती थी। अलका उसकी पीठ की तरफ देखती रही। उसे लगा कि आज सवेरे का गीत एक गीत नहीं था, एक भविष्यवाणी थी। इस आगे चले जा रहे आदमी को सुखी करने के लिए दुःखों की डलिया उठाने का समय आ गया था।

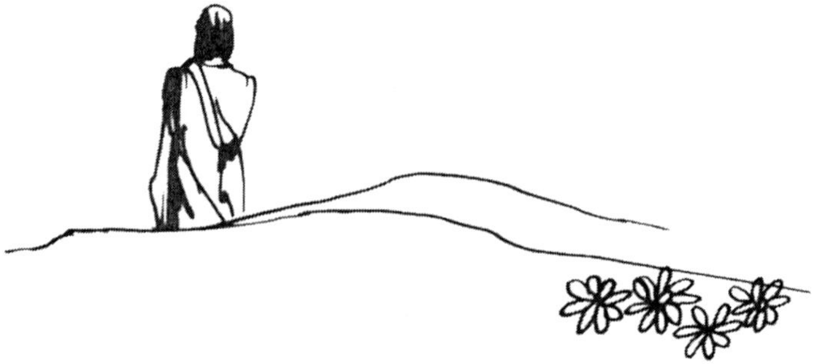

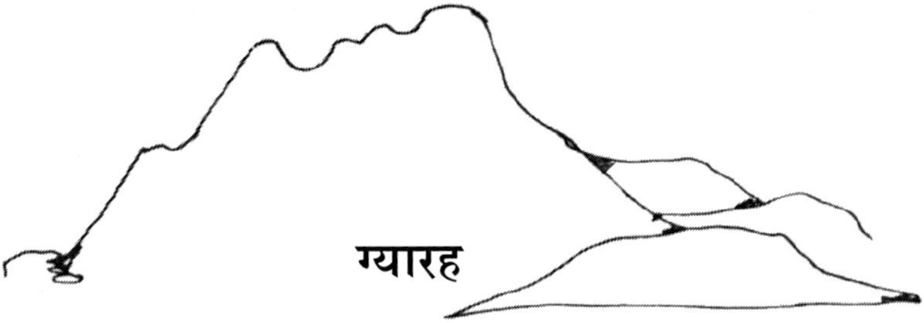

ग्यारह

कुमार बैजनाथ से वापस आया तो दिन ढल चुका था। पक्की सड़क से अपने चक्क की कच्ची पगडंडी उतरते हुए वह रुक गया। सामने धान के खेत थे, सब्ज़ियों और फूलों की क्यारियां थी, अनारों के पेड़ थे, और इन पेड़ों से घिरी हुई झुग्गियां थीं। कुमार स्लेटों की छतों की ओर देखता रहा, जैसे दूर से ही उनसे पूछ रहा हो, अलका चली गई है? जाते समय कुछ कहती तो नहीं थी...यही कहती होगी कि मैं जान-बूझकर यहां से चला गया था...अगर न जाता तो क्या करता...उसने जरूर कोई टोना कर देना था...सवेरे लाल धोती बांधकर इस तरह लग रही थी जैसे किसीने लाल रंग की पोटली में एक टोना बांधकर इस तरह लग रही थी जैसे किसीने लाल रंग की पोटली में एक टोना बांधां हुआ हो।'

पगडंडी पर धीरे-धीरे चलते हुए कुमार ने जंगली फूलों की एक टहनी की सहलाया और सोचता ही गया, 'आज मैं बहुत संभला हुआ था...अगर मैं इस तरह उसके जादू को झाड़कर चला न गया होता तो जाने क्या हो जाता!...'

चलते-चलते कुमार ने मकई के एक भुट्टे को उसके सुनहरी गुच्छे से पकड़कर सहलाया, और अपने होंठों में कहा, 'बस वही समय मुश्किल था!... मैं मुश्किल घड़ियां गुज़र आया हूं...अब कोई डर नहीं... ।'

सामने अनार का पेड़ था। कुमार ने अनार की एक कली तोड़ी, और उसके लाल रंग को दोनों आंखों से घूरते हुए बोला, 'सुबह वह बिलकुल तुम्हारे जैसी लगती थी...देखो तो मैंने किस तरह तुम्हें इन पत्तों से अलगा दिया है इसी तरह मैंने उसे अपने दिल से तोड़ दिया है...'

स्लेटों की झुग्गियों के पास पहुंचकर कुमार को खयाल आया कि वह कितनी देर से एक-एक पौधे से और एक-एक पत्ते से अलका की बातें कर

हा था; और उसने अपने पैर रोककर अपने-आपको कहा, 'इधर काहे को आ निकला हूं। मुझे अपने कमरे में जाना चाहिए।'

कुमार ने झुग्गी की चौखट से अपने पांव लौटा लिए। डूबते सूरज की लाली बड़े ध्यान से कुमार के चेहरे की ओर देखने लगी।

कुमार जब अपने कमरे में आया तो हरिया ने उसे बताया कि अलका बीबी सवेरे चली गई थी। चेतू चाचा भी उसके साथ गया है, और हरिया ने बताया कि स्टेशन पर जाकर चेतू चाचा: को जाने क्या हुआ कि वह गाड़ी में बैठ गया। नाथी भी स्टेशन पर गई थी, वह लौट आई है।

जो कुछ हरिया ने बताया था कुमार ने सुन लिया पर अपनी ओर से कुछ न पूछा। हरिया खाना ले आया। कुमार ने खाना खा लिया, और बिस्तर पर लेटकर उसने एक किताब पढ़नी शुरू कर दी: "यू गेव मी बैक समथिंग दैट बिलॉङ्ग्ड टु मी, सम्थिंम दैट यू डिड नॉट टेक अवे माइकॉन्फिडेंस इन माइसेल्फ!"

कुमार ने जब ये पंक्तियां पढ़ी, तो उसे लगा कि वह एक साधारण किताब नहीं पढ़ रहा था, वह एक वेद में से वाक्य पढ़ रहा था। आज अलका ने सचमुच उसकी खोई हुई चीज़ उसे लौटाई थी। यह चीज़ वह अपने साथ नहीं ले जा सकी थी; और कुमार खुश था, कि अपने-आप में उसका विश्वास लौट आया था।

कुमार ने इस किताब को किसी खास इरादे से पढ़ना शुरू नहीं किया था। उसे खयाल आया था कि पुस्तक को पढ़ते-पढ़ते वह सो जाएगा। इसलिए उसने किताबों की अलमारी के पास जाकर जो भी हाथ में आई, वही किताब निकाल ली थी। उसने किताब का नाम भी नहीं पढ़ा था।

ये पंक्तियां पढ़ने के बाद कुमार को लगा कि वह किताब अपने होंठों से उसके मनकी बातें कर रही थी। इसलिए उसने उसे उमंग से पढ़ना शुरू कर दिया। अगली पंक्तियां थीं: "दि एबिलिटी टु लब डीपली एण्ड स्टेंड-फास्टली इज़ रेयरर दैन ग्रैट टेलेंट। टेलेंट शुड बी दि सर्वेंट ऑव लव! फॉर विदाउट लव, टेलेंट इज़ लाइक सेक्स विद ऑनली वन बॉडी!"

'क्या बकवास है!...' कुमार के मुंह से गुस्से में निकला और किताब को उसने मेज़ पर पटक दिया। उसने मेज़ पर जलती बत्ती बुझा दी, और सोने के लिए दोनों आंखें बंद कर लीं।

अलका ने जाते हुए शायद मेरे लिए कोई खत लिखा हो!' कुमार को खयाल आया, पर उसने सोचा कि अलका ने अगर कोई खत उसके लिए लिखा होता तो हरिया ने उसे खुद ही दे देना था। तब भी कुमार ने मेज़ की बत्ती जलाई, और मेज़ को ध्यान से देखा। मेज़ पर कोई कागज़ नहीं था। कुमार ने बत्ती बुझा दी, और सोचने लगा, 'अलका ने अच्छा किया, कि जाती हुई कोई सन्देश नहीं देकर गई... नहीं तो जिस तरह वह अपनी बातों से दूसरी को बौरा देती है, उसने खत लिखकर भी मुझे रुला देना था...'

कुमार ने एक हलका सांस लिया, और स्वतंत्रता के इस क्षण को पूरी तरह महसूस करने के लिए चारपाई से उठकर बाहर अमरूदों के पेड़ों के तले आ बैठा। रात तारों की रोशनी में भीगी हुई थी। कुमार ने दोनों बाहों खोलकर धरती की ओर, और आसमान में इस तरह देखा, जैसे उसकी बांहें एक लकड़ी के बदन से अलग होकर इतनी स्वतन्त्र हो गई हों, और इतनी विशाल भी, कि अब वे सारी धरती को, और सारे आसमान को अपने में समेट सकती हों।

एक हल्का सांस लेते हुए कुमार की छाती में हलकी-सी पीड़ा हुई, पर कुमार के जिस्म ने आज किसी भी पीड़ा को स्वीकार न करने की ठानी हुई थी।

'चल तारों की छांव में आंखमिंचौली खेलें!'

कुमार को लगा कि किसी ने उसे पीठ के पीछे से कहा था। कुमार ने चौंककर पीछे की ओर देखा। वहां कोई नहीं था। बाईं ओर जंगली फूलों की एक सघन झाड़ी थी। उसे लगा कि उस झाड़ी की ओट में खड़ा कोई हंस रहा था। कुमार ने झाड़ी की ओर जाने की जगह माथा सिकोड़कर उस झाड़ी की तरफ देखा।

कुमार को लगा, कि जिस तरह दिल्ली में एक रात उसे अलका की परछाईं दिखाई दी थी, और उसके कानों में अलका के पैरों की आवाज़ आई थी, आज भी उसके साथ वैसा ही कुछ होने चला था। उसने गुस्से में कहा, 'अलका!' इस तरह-जैसे अलका एक छोटी-सी बालिका हो, उसे बार-बार चिढ़ाती हो, और वह अलका को रोक रहा हो।...

"पर यह अलका नहीं, मैं हूं... अब तुम और मैं रोज़ तारों की छांव में आंखमिचौनी खेला करेंगे!" झाड़ी के पीछे से आवाज़ आई, और कुमार ने

आवाज़ पहचान ली। यह उस उदासी की आवाज़ थी, जिसके साथ उसने एक बार सामने खड़े होकर बातें की थीं।

'सो तुम आ गई हो!..." कुमार ने धीरे से कहा, और सिर नीचे झुका लिया।

सिर नीचा किए कुमार बाग में घूमता रहा। चलते-चलते उसने देखा कि वह झुग्गी, के दरवाज़े पर खड़ा था। कुमार ने एक गहरा सांस लिया, और झुग्गी का दरवाज़ा खोलकर अन्दर चला गया।

अन्दर गहरा अंधेरा था। कुमार ने हाथों से लकड़ी के कटाव को सहलाया। उसे मालूम था कि इसके ऊपर एक दीया, और एक माचिस रखी रहती थी।

कुमार ने दीया जलाया। उसे समझ नहीं आ रहा था कि उसने दीया क्यों जलाया था। दीये की रोशनी में उसने झुग्गी की दीवारों की तरफ देखा। झुग्गी का चेहरा बड़ा उदास था।

कुमार ने एक गहरा सांस लिया, और बोला, 'तुम मुझसे बेहतर हो। तुम उदास हो, पर तुम अपनी उदासी को छुपाती नहीं हो, पर मैं अपनी उदासी को स्वीकार नहीं करता।' कुमार ने कहा और गलीचे पर इस तरह बैठ गया, जैसे उसने झुग्गी के साथ और भी बहुत-सी बातें करनी हों।

दीवार की तरफ देखते-देखते कुमार की नज़र एक आले में पड़ी। आले में एक कागज़ पड़ा हुआ था। कुमार का दिल एकाएक धड़कने लगा। कुमार ने उस कागज़ को उठाया। पर जब उसे खोलकर दीये की रोशनी में पढ़ने लगा तो उसकी आंखें पथरा गईं, और कुछ देर तक उससे कोई अक्षर पढ़ते न बना।

कुछ देर बाद कुमार ने पढ़ा; अलका ने लिखा था :

"इट इज़ सो सिम्पल दैट इट मे बी इम्पॉसिबल टु एक्सप्रेस! इट इज़ सो पर्सनल दैट इट इज़ हार्ड टु कॉम्यूनिकेट! इट इज़ सो लोनली दैट इज़ डिफिकल्ट टु शेयर! इट इज़ सो सैक्रेड दैट इट मे वी टु फ्रेजाइल टू टाक एबाउट; वन्स इट हैज़ लेफ्ट वन्ज़ हार्ट, इट मे इवेपोरेट!"

कांपते हाथों से कागज़ को लकड़ी के कटाव पर रखकर कुमार के मन में

जो कुछ हुआ, उसका एक ही छाती में झेल पाना कठिन था। कुमार ने गलीचे पर लेटकर आंखें बंद कर लीं।

जाने कब कुमार को नींद आ गई। वह रात-भर उस गलीचे पर लेटा रहा। सोते समय ही उसने अपने नीचे बिछे हुए गलीचे का एक कोना उठाकर अपने ऊपर ओढ़ लिया। जब उसकी आंख खुली, खिड़की में से सुबह की हलकी रोशनी अन्दर आ रही थी। खिड़की की ओर देखते हुए उसकी नज़र कौड़ियों की लड़ी पर रह गई, जिसे अलका ने ताड़ के पत्तों से बांधा हुआ था, और कुमार को लगा कि अलका विवाह करवाने के लिए अमृतसर चली गई थी, पर अपना कलेरा[१] यहां छोड़ गई थी।

१. शादी के अवसर पर कलाई की चूड़ियों के साथ बंधनेवाली कौड़ियों की लड़ीं।

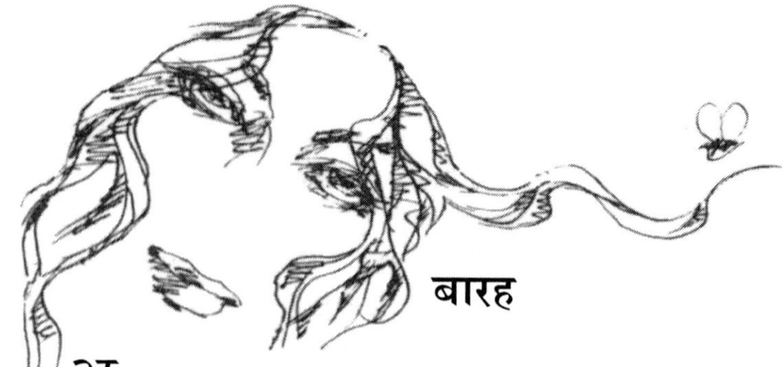

बारह

अलका जिस लाल धोती को कल छत्तीस चक्क में पहने हुए थी, अमृतसर पहुचकर जब वह अपनी कोठी में आई तो वही लाल धोती उसने बांधी हुई थी। रास्ते में उसने कपड़े नहीं बदले थे, बाल भी नहीं संवारे थे, पर बौराए वालों ने और सूत की इस लाल धोती ने अलका को जाने कैसा रूप चढ़ा रखा था कि अलका का माथा चूमते हुए अलका के पिताजी को खयाल आया कि अलका को किसीकी नज़र न लग जाए। पिताजी ने अलका के लिए जिस आदमी को चुना था, वह आजकल उन्हीं के यहां ठहरा हुआ था। इस वक्त भी वह बाहर टांगे की आवाज़ सुनकर पिताजी के साथ बाहर चला आया था। वह अलका की तरफ देखता रह गया। पिताजी ने अलका से उसका परिचय कराया, "कैप्टन जगदीशचन्द्र, मर्चेंट नेवी में हैं" और अलका को अपनी बांहों में लेकर चाय पीने के लिए कमरे में ले गए। अलका ने चेतू को अपना कमरा दिखा दिया। वह अलका की चीज़ें कमरे में रखने चला गया।

पिताजी ने अलका से जगदीशचन्द्र को बड़े साधारण तरीके से परिचित कराया था। और कुछ न कहा था, सिर्फ वे चाय पीते समय जगदीशचन्द्र की सफरी ज़िन्दगी के बारे में वे दिलचस्प बातें सुनाते रहे, जो शायद उन्होंने पिछले चार-पांच रोज़ में जगदीशचन्द्र से सुनी थीं। और उन्हीं बातों से अलका ने अपने पिताजी की इच्छा का अन्दाज़ा लगा लिया था।

जगदीशचन्द्र बड़े शौक के साथ अलका से उसकी पेंटिंग और पहाड़ी ज़िंदगी के बारे मे पूछता रहा। अलका सलीके से जवाब देती गई। समुद्र के सफर के बारे में उससे पूछती रही। पर वह सारा समय उस आनेवाले वक्त के बारे में सोचती रही जब उसका इससे ज़्यादा बड़ी बातों से वास्ता पड़ना था।

संध्या समय पिताजी किसी काम से बाहर चले गए। अलका ने समझ लिया कि वे जान-बूझकर उसे जगदीशचन्द्र के पास अकेली छोड़ गए थे। वह अपने कमरे की खिड़की में इस तरह खड़ी हो गई जैसे ज़िंदगी की इस नई मांग को, और उसके बराबर तुलनेवाली अपनी हिम्मत को जांचकर देख रही हो। उसे ठहरे हुए कुछ ही समय हुआ था कि कमरे के दरवाज़े में से जगदीशचन्द्र ने आवाज़ देकर उससे पूछा कि क्या वह कमरे में आ सकता था।

"आइए!" अलका ने खिड़की से हटकर एक कुर्सी की ओर हाथ से संकेत किया।

"अभी तक सफर की थकान होगी..." जगदीशचन्द्र ने कमरे में आकर कुर्सी पर बैठते हुए बड़ी आत्मीयता से देखा।

"आप तो खूब लम्बा सफर करनेवालों में हैं, सफर की थकान की बात इतना क्यों सोचते हैं!" अलका हंस पड़ी, और सामने कुर्सी पर बैठ गई।

"हम लोगों की वह आदत बन जाती है। वास्तव में मैं वहां आना चाहता था।"

"कहां?"

"वहीं तुम्हारे चक्क नम्बर छत्तीस में।"

"आ जाते।" *

"पर पिताजी तुम्हें यहां बुलाना चाहते थे...वह खूब सुन्दर जगह होगी?"

"हां।"

"इतने दिनों बाद शहर में आकर अजीब-सा लगता होगा।"

"बहुत अजीब!"

"मेरा खयाल है कि तुम्हें समुन्दर किनारे की ज़िन्दगी भी अच्छी लगेगी।"

अलका ने एक नज़र में जगदीशचन्द्र के चेहरे की ओर देखा, और हंस पड़ी। अलका के हंसने से जगदीशचन्द्र को खयाल आया कि अलका से पूछे बिना उसने उसकी ज़िन्दगी को खुद ही समुन्दर के किनारे से जोड़ दिया था। यह उसने बड़ी जल्दी की थी।

"वास्तव में..." जगदीशचन्द्र ने कुर्सी से उठकर अलका की पीठ की

तरफ खड़े होकर उसकी कुर्सी पर हाथ रखा, और वह जैसे जो कुछ महसूस कर रहा था उसे वैसे ही कह दिया, "मैंने यह बिलकुल नहीं सोचा था, कि मेरा इतनी खूबसूरत लड़की से वास्ता पड़ेगा!"

"आपने क्या सोचा था?"

"मैंने कुछ भी नहीं सोचा था। मां काफी अर्से से शादी के लिए ज़ोर दे रही है। इस बार छुट्टियों में उसने मुझे मना लिया था,कि मैं शादी कर लूंगा। उसने कई जगह देख रखी थीं।"

"फिर कई स्थानों में से आपने इस जगह को क्यों चुना?"

"आपके पिताजी को शायद किसीने मेरी ओर से बताया था। उन्होंने मुझसे मिलना चाहा, और मैं चला आया। वैसे मैं यहां भी मां के जोर देने पर आया था। वह कहती थी, कि अगर यहां बात हो जाए तो किसी और जगह की बाते सोचने की ज़रूरत नहीं।"

"वे मुझे जानती हैं?"

"तुम्हें नहीं, पिताजी को जानती हैं।"

"पर यह मां का फैसला हैं, आपका नहीं!"

जगदीशचन्द्र ने कुर्सी पर रखा हुआ हाथ अलका के कंधे पर रख दिया। उसके हाथ में उसके मन की बात धड़क रही थी। पर वह सोच रहा था कि वह इस बात को कैसे कहे।

"सो आप मुझसे विवाह करने के लिए तैयार हैं।" अलका ने खुद ही कहा।

"अगर सिर्फ मेरी मर्ज़ी से हो सकता हो तो आज ही हो जाए, अभी..."

"पर अब संध्या समय कैसे होगा!" अलका हंसने लगी। जगदीशचन्द्र को उसकी हंसी बड़ी अच्छी लगी। उसके मज़ाकिया स्वभाव के बराबर उतरने के लिए वह भी हंस दिया, और बोला, "विवाह करवानेवाली अदालतें रात को भी खुली रहनी चाहिए!" और फिर जगदीशचन्द्र ने अलका के कन्धे पर रखे हुए हाथ को ज़रा दबाकर कहा, "पर यह मेरी मर्ज़ी की बात है। मुझे अब तक तुमने अपनी मर्ज़ी नहीं बताई।"

"मेरी मर्ज़ी का तो आपने पहले ही फैसला कर दिया था कि मुझे समुन्दर के किनारे की ज़िन्दगी अच्छी लगेगी!" अलका हंस दी।

जगदीशचन्द्र ने झुककर अलका के होंठों को छूना चाहा, पर अलका; ने मुंह हटा लिया, और बोली, "अभी नहीं!"

जगदीशचन्द्र ने अलका के कन्धे पर रखा हुआ हाथ इस तरह उठा लिया, जैसे वह अपने सब्र का सबूत दे रहा हो।

"अब जब पिताजी आएंगे, उन्हें तुम खुद बताओगी, या मैं बता दूं?" जगदीशचन्द्र ने अलका से पूछा।

"जैसे आपकी मर्ज़ी।"

"मेरी छुट्टी बहुत कम रह गई है। तुम जो कुछ खरीदना चाहो, मुझे जल्दी बता देना।"

"मुझे कोई चीज़ नहीं खरीदनी। पर अदालत वाले एक महीने का अर्सा मांगते हैं।"

"मेरी मां अदालती शादी से खुश न होगी। अगर हम दूसरी तरह से शादी करते तो कोई हर्ज है?"

"कई देशों में आप एकवर्षीय विवाह भी कर सकते हैं, और द्विवर्षीय भी... और जरूरत पड़े तो एकमासिक भी...पर हमारे देश में इस तरह का विवाह नहीं होता। इसलिए रस्मी विवाह से अदालती विवाह अच्छा है!"

"अलका!"

"जी।"

"तुम मुझसे उमर-भर के लिए विवाह नहीं करना चाहती हो?"

"कह नहीं सकती। गुज़र जाए तो सारी उमर बीत जाए, न गुज़रे तो एक महीना भी न गुज़रे, एक दिन भी न बीते।"

जगदीशचन्द्र पहले हैरान हुआ। फिर उसने हंसकर अलका की ओर देखा, और बोला, "देखने से यह बिलकुल पता नहीं चलता कि तुम इतनी 'एडवेंचरस" होगी!"

"मैं बिलकुल एडवेंचरस नहीं हूं।"

"मैंने सोचा था कि अगर कभी किसीसे इस तरह की शर्त करनी होगी, तो मुझे ही...हम नेवीवालों की ज़िन्दगी बड़ी अजीब होती है। नित नये लोगों से वास्ता पड़ता है। इसलिए सारी उमर का बंधन कई बार हमें अच्छा नहीं लगता...पर लगता है कि तुम मुझसे भी कहीं एडवेंचरस हो।"

"मैं बिलकुल एडवेंचरस नहीं हूं। बात बस इतनी है कि ज़िंदगी बड़ी अजीब होती है। सिर्फ नेवीवालों की ही नहीं, सभी की अजीब होती है।"

"तुम्हारा खयाल है कि शायद तुम कभी किसी और को प्यार करने लगोगी?"

"शायद नहीं, अब भी करती हूं।"

जगदीशचन्द्र अलका के चेहरे की ओर देखने लगा। वह अब तक खड़ा हुआ था।

वह हैरान हुआ कुर्सी पर बैठ गया। फिर कुछ देर बाद उसने अलका से पूछा, "फिर तुम उससे विवाह क्यों नहीं कर लेती हो, अलका?"

"वे मुझसे विवाह नहीं करना चाहते।"

जगदीशचन्द्र कुछ देर चुप रहा। फिर हंस पड़ा, "पर अब जब कि तुम कुंवारी हो, वह तुमसे विवाह नहीं करना चाहता, और फिर जब तुम्हारा विवाह हो जाएगा तो क्या वह चाहेगा कि तुम तलाक लेकर उससे विवाह कर लो?"

"शायद।"

जगदीशचन्द्र के मन में कसक-सी उठी और उसने आगे बढ़कर अलका का हाथ पकड़ लिया, और बोला, "मैं तुम्हें इतनी दूर ले जाऊंगा कि तुम्हें कभी उसकी खबर-सार भी न मिले!"

"मैं जहां भी रहूं, मुझे उसका पता रहेगा।"

जगदीशचन्द्र ने अलका का हाथ छोड़ दिया और बोला, "मेरा खयाल है तुम्हें विवाह नहीं करना चाहिए।"

"मेरा भी यही खयाल है कि मुझे विवाह नहीं करना चाहिए।"

"पर मैं हैरान हूं, कि तुम विवाह करना मान कैसे गईं।"

"मैंने उसे वचन दिया है, कि मैं विवाह कर लूंगी।"

"इसका मतलब है, उसने ज़बरदस्ती तुमसे वचन लिया है?"

"हां।"

"उसका खयाल है कि एक बार तुम्हारा विवाह हो जाएगा, और वह हमेशा के लिए तुमसे जुदा हो जाएगा।"

"हां।"

"मेरा खयाल है कि उसने ठीक सोचा है।"

जगदीशचन्द्र ने प्यार से अलका का हाथ पकड़ लिया और बोला, "उससे चाहे तुम्हारा कितना भी ताल्लुक रहा हो, मुझे उसकी परवा नहीं। ज़्यादा से ज़्यादा यह होगा कि उसका तुमसे जिस्मानी ताल्लुक होगा। यह कोई खास बात नहीं। इस तरह मेरी ज़िन्दगी में भी कई लड़कियां आई हैं। सबकी ज़िन्दगी में आती हैं। विवाह से पहले की बातों को नहीं कुरेदना चाहिए। मुझे सिर्फ यह बता दो, कि मुझसे विवाह हो जाने पर मुझसे चोरी करके उसे मिलोगी?"

"बिलकुल नहीं।"

"उसे खत लिखोगी?"

"बिलकुल नहीं।

जगदीशचन्द्र ने कुर्सी से उठकर अलका की पीठ पर अपना हाथ रखा और बड़े प्यार बोला, "दैन इट इज़ नथिंग!"

"पर एक बात है।"

"क्या?"

"अगर कभी मुझे यह मालूम हो गया कि उसने अपना खयाल बदल दिया है, और उसे मेरी ज़रूरत है, तो मैं आपसे तलाक लेकर उसके पास चली जाऊंगी।"

"चलो, यह शर्त मंजूर है!" जगदीशचन्द्र हंसा। उसने अलका के घने बालों में से एक छोटी लट को अपनी उंगली पर लपेटा, और बोला, "मैं खुश हूं कि तुमने इतनी दिलेरी से बातें की हैं। तुम-सी लंड़की कभी झूठ नहीं बोल सकती।"

"मैं कभी झूठ नहीं बोल सकती।"

जगदीशचन्द्र ने झुककर अलका के होंठों को छूना चाहा, पर अलका ने इन्कार में सर हिला दिया, "अभी नहीं विवाह के बाद।"

"सुबह अदालत में लिखकर दे दूं।"

"दे दीजिए।"

"पूरा एक महीना इन्तज़ार करना होगा।"

"आपकी छुट्टी का क्या होगा?"

"में और छुट्टी ले लूंगा।"

जगदीशचन्द्र जब अलका के कमरे से जाने लगा तो अलका ने जल्दी से दरवाज़े की देहरी पर जाकर उससे पूछा, "एक आखिरी खत लिखने का इजाज़त है? सिर्फ यह लिखना है कि आज से एक महीने के बाद मेरा विवाह हो जाएगा।" .

"हां।" जगदीशचन्द्र ने हंसते हुए कहा, और अलका के कमरे से चला गया।

अलका रात को जब कुमार को खत लिखने लगी, तो उसे समझ नहीं आ रहा था कि वह यह खत किसे लिखने लगी थी। हाथ में कलम पकड़कर जब उसने कागज़ की तरफ देखा तो उसे लगा कि वह खाइयों के पत्थरों को खत लिखने लगी थी।

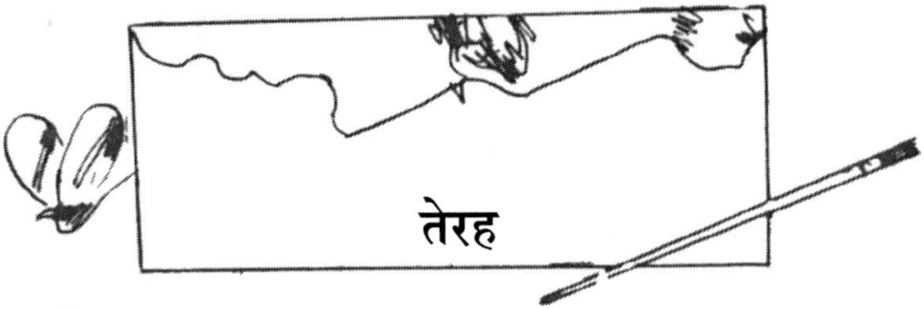

तेरह

"चेतू चाचा शहरे जो ग्या तो शहरे दा ई होई रया!" हरिया ने उठते-बैठते कई बार कहा। कुमार ने कई बार हरिया को झिड़की देकर कहना चाहा, कि उसने चेतू चाचा की रट क्यों लगा रखी थी। आखिर वह कभी-कभार शहर में गया था। चार दिन शहर की रौनक देखेगा, और खुद लौट आएगा। पर कुमार को लगा कि रोज़ जब गाड़ी का समय होता था तो वह खुद घूमते-घूमते शहर की बड़ी सड़क पर चला जाता था। वह पिछले कई दिनों से बैजनाथ की ओर नहीं गया था। हमेशा पपरोला की उतराई उतर जाता था, जैसे वह आधी बाट चलकर स्टेशन से जाते हुए चेतू चाचा को लेने जा रहा हो। इसलिए उसने हरिया को कुछ न कहा।

'मैं चेतू चाचा की बाट इस तरह क्यों देख रहा हूं, जैसे कोई कासिद का इंतज़ार कर रहा है?" कुमार ने हरिया को कुछ कहने की जगह अपने-आपको कोसा। वह स्वयं रुआंसा-सा हो गया। फिर उसने खुद ही अपने-आपको ढारस बंधाया, मैं चेतू की बाट इसलिए देख रहा हूं, कि वह आकर मुझे अलका की पूरी खबर बताए, कि उसने वहां जाकर कोई ज़िद नहीं ठानी थी, और अपने पिताजी का कहना मानकर अपने विवाह की बात पक्की कर ली थी।'

एक दिन नाथी हरिया को खोजती-खोजती कुमार के बरामदे से बाहर निकली। कुमार घास पर बैठा था। नाथी को उसने पहले भी दो बार हरिया के पास आकर शहर की खबर पूछते देखा था। पर वह हमेशा हरिया से पूछकर लौट जाया करती थी। आज वह कुमार के पास आकर खड़ी हो गई।

"बाबूजी।"

"हां, नाथी।"

"मेरी जान तां सूलां टंगोई गई!"

"क्या हुआ नाथी?"

"चेतू चाचा घरे जो भुल्ली गया!"

"उसने जाना कहां है, नाथी! आज-कल में ही आ जाएगा। तुम्हारी मां को उसपर भरोसा नहीं, जो इतनी उतावली हो गई है?"

"खड्डां दे पार तित्तरू बोलदे तां अम्मां डरी-डरी जांदी!"

कुमार हंसने लगा। कुमार जानता था कि नाथी का खाविंद कई सालों से उसे छोड़कर परदेस गया हुआ था। नाथी जवान-जहान थी, पर वह हंस-खेलकर दिन बिता रही थी। और अब ज़ब चेतू चाचा दो-चार दिनों के लिए परदेस गया था, तो उसकी बूढ़ी औरत इस तरह विराग गई थी, कि वह पल-पल बाद नाथी को उसकी खबर पूछने के लिए भेजती थी। कुमार ने हंसकर नाथी से कहा :

"अगर अम्मां की तरह तुम भी अपना दिल छोड़ बैठो, तो क्या होगा!"

"मैं तां बाबूजी अपना दिल खड्डां दिया पत्थरां साही करी लिया!"

"फिर तुम अम्मां को समझाती क्यों नहीं हो?"

"उसा दियां हड्डियां दा चूरा होई जांदा! मिंजो क्या पता, उस जो बी कन्ने भेजि दिंदि!"

"उसे किस बात का डर लगता है?"

"रब दीयां रब जाने, उट्टी-बई मिंजो गालियां दिंदी ए!"

"पर इसमें तुम्हारा क्या कसूर है?"

"मैं चाचे जो टेशने उप्पर छड्डिआई! अम्मां उट्टी-बई गलांदी ए : ओ दगेबाज शहरे जो ग्या शहरे दा ई होई रया!"

नाथी लौटने को हुई तो कुमार ने एक गहरा सांस लिया, 'एक ओर चेतू की औरत है, जो यह सोचती है कि चेतू शहर जाकर शहर का ही क्यों हो रहा। दूसरी तरफ मैं हूं जो यह सोच रहा हूं, कि अलका शहर गई है, ईश्वर करे वह शहर की हो रहे!'

"जली जाए शहरा दा रहणां!" नाथी ने जाते-जाते कहा।

"तुम्हें शहरों पर बहुत गुस्सा आ रहा है।" कुमार फिर हंसने लगा।

"तिंझो पता नी बाबूजी ए हासा कुत्थूं ते आउंदा ए!" नाथी जाती-जाती ठिठक गई, और कुमार की ओर देखने लगी।

"आज तुम्हें क्या हुआ है, नाथी! तुम्हें मेरी हंसी पर भी गुस्सा आ रहा है।"

"अलका बीबी जो बन्नी करी शहर भेज़ि दित्ता! मेरा मन बुरा हुंदा ए, बाबूजी! मेरिया अक्खां उस जो तोपदीयां फिरदीयां!"

कुमार ने चौंककर नाथी के चेहरे की ओर देखा। उसने सोचा, कि अलका ने नाथी को कुछ न बताया होगा, पर यह अल्हड़-सी नाथी खुद ही उसकी हमराज़ बन गई थी। उसके मन ने खुद ही जान लिया था कि अलका कुमार की भेजी हुई शहर चली गई थी।

"एह घडोलू तां मेरे सिरे दा बैरीए, बाबूजी! पानिएं जो जांदी आं तां में सारे रस्ते बीबी ए जो तोपदीयां!" नाथी ने कहा, और उदास मुंह लिए चली गई।

कुमार की आंखें झुक गईं। नाथी की बात उसके मन को कचोटने लगी। उसे लगा कि वह भी नाथी की तरह अपने सिर पर अपना भार उठाकर चल रहा था। यह भार किसी दिन उसके सिर का वैरी हो जाएगा। वह इसे उठाए-उठाए फिरेगा।...और अलका को जगह-जगह ढूंढ़ता फिरेगा।...

"बाबूजी, बाबूजी...!" हरिया पगडंडी के दूसरे सिरे से दौड़ता आ रहा था, और कह रहा था :

"चेतू चाचा आई गया! हत्थे नी बड़ा भारा टरंक लई आऊंदा" हरिया ने कुमार के पास आकर बताया। वह हांफ रहा था।

कुमार को मालूम था कि चेतू खाली हाथ गया था। टरंक की बात सुनकर उसे लगा, जैसे अलका भी चेतू के साथ आई हो।

कुमार का दिल सिहर उठा, और वह सिहरन उसके बदन में से होती हुई उसके पांव में उतर गई। पगडंडी पर चढ़कर अलका को देखने के लिए उसके पैर आगे बढ़े। पर फिर वह अपने पांव को जकड़कर ठिठक गया—जैसे उसने खुद ही एक ज़ंजीर अपने पांवों से बांध ली हो।

'मुझे यही डर था!' कुमार को लगा, जैसे उसे अलका पर गुस्सा आ रहा था। पर गुस्से से देखने की बजाय वह उत्सुकता से पगडंडी की ओर देखने लगा। देखता भी जा रहा था, और सोचता भी जा रहा था, 'उसने ज़रूर मनआई की होगी...अगर मैं अब उसे आते ही यह कह दूं, कि वह उलटे पांव लौट जाए तो फिर...यह मुझे चैन से जीने क्यों नहीं देती?"

"पैरी पाऊंदा बाबूजी!" चेतू चाचा ने दस गज़ दूर से ही कहा और सर-कंधों पर रखी हुई चीज़ें वहीं उतारकर कुमार के पास आ गया।

कुमार ने एक बार चेतू की तरफ देख, एक बार खाली पगडंडी की ओर, और धीरे से बोला, "राज़ी तो रहा है, चेतू?"

"बड़ा राज़ी बाबूजी!" चेतू ने लपककर कुमार के पांवों को छुआ।

"बड़े दिन लगा दिए! शहर में बड़ा दिल लग गया था?" कुमार को लगा, कि चेतू से बातें करते-करते वह अब भी खाली पगडंडी की ओर देख रहा था।

"शहरे दीयां गल्लां, बाबूजी बड़ा सुख पाया ओथू! खाने जो बहुत कुछ, देखने जो बहुत कुछ, ओथू बड़े-बड़े मकान..." चेतू चाचा बोलता जा रहा था।

"अच्छा, अच्छा, अब जल्दी से घर जाओ। तुम्हारी औरत को तुम्हारा विराग हो रहा है।" कुमार ने चेतू को बीच में ही टोककर कहा। उसने चेतू की बात को इसलिए नहीं टोका था, कि वह जल्दी से घर चला जाए; वह सोच रहा था कि चेतू से शहर की बातें कितनी देर तक खत्म नहीं होंगी। बात को टोक देने से शायद वह रुक जाएगा, और अलका की बात करेगा।

"क्या गलांदी थी?" चेतू ने अपने पांव से जूती निकालकर उसमें से मिट्टी झाड़ते हुए पूछा।

"कौन?"

"नाथी दी अम्मां?"

"वह नाथी को गालिया देती है, कि उसने तुम्हें शहर क्यों भेजा! वह तुम्हें स्टेशन से लौटा क्यों न लाई!"

"उसदा बस होए बाबूजी, तां मिंजो गोडे कन्ने बन्नी छड्डे!" चेतू ने कहा,

और हंसने लगा। उसकी हंसी में इतना रोष नहीं था, जितनी इस बात की खुशी थी, कि उसके पास औरत थी, जो उसे आंख की ओट नहीं रखती थी।

कुमार ने गठरियों और बक्से की तरफ देखा, और चेतू से बोला, "तुम शहर से बड़ी चीज़ें खरीदकर लाए हो?"

"क्या गलाऊं, बाबूजी! अलका बीबिए मिंजो बड़ीया बखसीसां दित्तियां!"

अलका का नाम सुनकर कुमार को लगा कि यह नाम सुनने के लिए उसके कान बड़े प्यासे थे।

"वह राज़ी थी?" कुमार की ज़बान ने अपने बस से बाहर होकर यह बात पूछ ली।

"तुसां वास्ते इक कागद दित्ता!" चेतू ने कहा, और बक्से को खोलने लगा।

'अगर इस तरह उसकी खबर को तरसना था, तो उसे भेजना ही क्यों था? कुमार ने अपने-आपको उलाहना दिया।

"बाबूजी दिक्खां कितनियां बंगा!" चेतू ने बक्से को खोलकर कांच के बहुत-से गजरे दिखाए, और फिर एक रेशमी चादर दिखाते हुए बोला, "ऐ मिंजो बड़े बाबूजी ने दित्ती औ, पिताजी ने।"

बक्से में एक गर्म कोट पड़ा था। चेतू ने बड़े चाव से उस कोट को निकाला, और उसके रेशमी अस्तर कों अपनी तली से बार-बार सहलाते हुए कहा, "इस ओथू साहब आया, मिंजो एक कोट..." चेतू की बात उसके मुंह में ही रह गई। उसे लगा कि कुमार ने माथे में तेवर डालकर उसकी तरफ देखा था। उसने सोचा कि बाबूजी उससे नाराज़ हो गए थे कि उसने यह चीज शायद खुद मांगकर ली थी।

"मैं कुछ नहीं मंगिया था बाबूजी, साहब ने मिंजो आपू ही दित्ता!" चेतू ने कुछ सहमकर कहा, और जल्दी से बक्स के खाने में से एक लिफाफा निकालकर कुमार को दिया।

कुमार ने लिफाफा ले लिया, और अपने कमरे में जाकर दरवाज़ा भिड़का लिया।–

"आपने मेरे कई नाम रखे थे। अपने नये-नये नाम रखने की मुझे

आदत हो गई थी। आज इस महीने की आठ तारीख है। अगले महीने की इसी तारीख को मैं अपना एक और नाम रखूंगी-मिसिज़ जगदीशचन्द्र! यह खबर सबको बता देना। खाइयों के पत्थरों को भी बता देना!..." यह खत पढ़कर कुमार को पहली बार जिन्दगी में यह महसूस हुआ, कि उसकी छाती को चीरकर उसका रोना निकल जाएगा।

चौदह

जगदीशचन्द्र अपने गांव चाहल अपनी मां के पास चला गया था। पूरे बीस दिन वहां रहकर, फिर कुछ चीज़ें खरीदने के लिए अमृतसर आ गया था। रात को उसे अलका के पिताजी अपने पास ले आए थे। अलका उसे पूरे सत्कार से मिली थी। उसके साथ कोठी के बगीचे में भी बैठी रही। जगदीशचन्द्र को सिर्फ यह महसूस हुआ था कि अलका पहले से कुछ दुबली हो गई थी।

आधी रात होगी। सोते-सोते जगदीशचन्द्र को लगा, जैसे वह किसी पहाड़ की पगडंडी पर खड़ा होकर सामने के ऊंचे पहाड़ों पर पड़ी हुई बर्फ को देख रहा हो। पास के किसी मोड़ पर से उसे किसी पहाड़िन के गाने की आवाज़ सुनाई दी। पहाड़ी स्वर कितनी ही देर उसके कानों में गूंजते रहे। फिर स्वरों के साथ-साथ गीत भी सुनाई देने लगा :

'दुःखां वाला डलडू तूं मेरे कन्ने देई दे!
ता होई जो अगाड़ी मेरे माहणुयां!
ओ पखलिया माहणुयां!'

आवाज़ दिल में उतरती जा रही थी। जगदीशचन्द्र अधजगी हालत में था। उसको कितनी ही देर मालूम न हुआ कि वह पहाड़ पर नहीं था, एक शहर के एक कमरे में सोया हुआ था।

एक बार गीत के बोल थिरक गए, जैसे गानेवाले की आवाज़ आंसुओं से भर आई हो। जगदीशचन्द्र चौंककर चारपाई से उठा बैठा। आवाज़ बाहर के बगीचे में से आ रही थी। बगीचे में रात का अंधेरा गहरा नहीं था। वह कितनी देर खिड़की में से देखता रहा। पर जिस तरफ आवाज़ की सीध थी, उस तरफ एक पेड़ का गहरा साया था। पेड़ के साए की तरफ देखते हुए जब उसकी आंखें अंधेरे से कुछ हिल गईं, तो उसने अलका की पीठ पहचान ली।

"अलका!" जगदीशचन्द्र ने बाहर बगीचे में जाकर कहा, और पेड़ से पीठ टेककर खड़ी हुई अलका के पास जा खड़ा हुआ।

अलका चुप हो रही,

"तुम बहुत उदास हो!"

अलका ने सिर झुका लिया।

"मुझे लगता है जैसे इस सारी उदासी का कारण मैं हूं।"

"नहीं आप नहीं।"

"पर मेरे कारण तुम्हारी मजबूरी और बढ़ जाएगी!"

"इससे अधिक अब क्या बढ़ेगी...!"

"पर अलका..."

"जी।"

"कैसा विवाह है यह?"

"मैं खुद नहीं जानती।"

"मैं कई बार बैठे-बैठे सोचने लगता हूं...बाज़ार भी जाता हूं, चीज़ें भी खरीदता हूं...पर दिल में खुशी नहीं दिखती..."

अलका को अपने पर कभी तरस नहीं आया था, जगदीशचन्द्र की हालत पर उसे तरस आ गया। उसने आगे बढ़कर जगदीशचन्द्र का हाथ पकड़ लिया, "आप क्यों विचारों में पड़ते हैं, इनकार कर दीजिए इस विवाह से!"

"मैंने एक दिन यह भी सोचा था, और उस रात तुम्हें खत भी लिखा था, पर दूसरे दिन मैं खुद ही विचारों में डूब गया। लिफाफे में डाला हुआ खत फाड़ डाला।"

"आज यही समझ लीजिए, कि मुझे वह खत मिल गया है।"

"तुम्हारे पिताजी क्या कहेंगे? सोचेंगे, यह कैसा आदमी है! सिर्फ दस दिन बाकी हैं।"

"पिताजी से मैं खुद कुछ कह लूंगी।"

"पर अलका...वह कैसा आदमी है जो तुम्हें प्यार नहीं कर सका!... तुम उसे भूल नहीं सकतीं...? ...मैं सोचता हूं कि उसे तुम समय पाकर भूल जाओगी।"

अलका ने पहली बातों का कोई जवाब नहीं दिया। आखिरी बात के जवाब में बोली, "शायद यह समय उमर जितना लम्बा हो जाए! आप इस समय की कीमत चुकाते रहिएगा?"

"मुझे उदास रहने की ज़रा भी आदत नहीं, पर मैं कई दिनों से उदास हूं।"

"मैं इसीलिए कहती हूं, कि आप यह कीमत क्यों दें!"

"मैं भी यही सोचता हूं कि मैं क्या कर रहा हूं...तुमने मुझे पहले दिन ही सब कुछ बता दिया था। पर उस दिन जाने मुझे क्या हुआ था!"

"मैं उस दिन सोच रही थी, कि आप न जाने यह विवाह क्यों करना चाहते हैं...!"

तुम मुझे बहुत खूबसूरत लगी थीं...पर अब सोचता हूं कि मैं तुम्हारी अकेली खूबसूरती का क्या करूंगा ...!..." जगदीशचन्द्र की भटकती आंखों ने अंधेरे में अलका के चेहरे को टटोला।

"आप ठीक सोचते हैं।"

"मेरा खयाल है कि मैं बाकी छुट्टियां कैंसिल करवाकर वापस नौकरी पर चला जाऊं। पर मेरे जाने के बाद क्या सोचोगी?"

"क्यों? एक अच्छा आदमी, और क्या! आप यूंही परेशान हो रहे हैं। आज आपकी रात की नींद भी खराब हो गई है।"

अलका जगदीश को साथ लेकर कोठी में लौट आई, और जगदीश को उसके कमरे तक छोड़कर खुद अपने कमरे में चली आई।

अलका जिन दिनों यहां होती थी, सुबह की चाय खुद बनाया करती थी। उस दिन भी जब सुबह हुई, अलका ने चाय बनाई। एक प्याला अपने पिताजी के कमरे में रख आई, और एक प्याला जगदीश के कमरे में। जगदीश के कमरे से जब वह लौट रही थी तो आवाज देकर जगदीश ने उसे अपने पास बुलाया।

अलका पलंग के पास जाकर खड़ी हो गई। जगदीश ने पलंग से उठकर एक सिगरेट सुलगाई, और पलंग के पाये पर बैठते हुए बोला, "मुझे रात को बिलकुल नींद नहीं आई।"

"आप इतना क्यों सोचते हैं? वापस जाकर एक-दो दिन में ठीक हो जाएगा।"

"तुमने उस दिन तलाक की बात की थी।"

"अच्छा है उसकी ज़रूरत न पड़ी!"

"तलाक विवाह के बाद होता है। पर मुझे आज ऐसे लगता है, जैसे तलाक विवाह से पहले हो गया हो...!..."

अलका ने मन की पीड़ा को जीकर देखा हुआ था। वह जगदीश के मुंह से इतनी भावुक बात सुनकर सहम गई, कि इस राह चलते आदमी को यह पीड़ा न छू जाए।

"मैं कभी ऐसी भावुक बातें नहीं करता...पर तुम ठीक कहती हो। वापस काम पर लौट जाऊंगा, तो एक दिन में ठीक हो जाऊंगा।"

अलका जाने लगी तो जगदीश ने उसे फिर रोक लिया, और बोला, "तुम मेरे मन की हालत समझती हो?"

"हां।"

"मैं जब तुम्हारी तरफ देखता हूं, तुम्हारे चेहरे के पीछे मुझे एक और चेहरा भी दिखाई देता है, जिससे तुम प्यार करता हो–मुझे उसका चेहरा भी

दिखता है...शायद मैं जब भी तुम्हारी तरफ देखूंगा...मुझे इसी तरह दिखाई देगा... इसलिए हमें विवाह नहीं करना चाहिए। क्यों, करना चाहिए?"

"नहीं करना चाहिए?"

"मेरा यहां दिल घबराता है। मैं अभी तैयार होकर चला जाऊंगा।"

"अच्छा।"

"मैं पिताजी से कुछ नहीं कहूंगा-तुम खुद कुछ कह देना।"

"अच्छा"

अलका अपने कमरे में लौटी, तो उसकी चाय ठण्डी हो चुकी थी। उसने गर्म चाय का एक प्याला और बनाया। खिड़की में खड़ी जब वह चाय पी रही थी, उसने जगदीशचन्द्र को कोठी के दरवाज़े से बाहर जाते हुए देखा।—अलका कितनी ही देर जगदीश की पीठ की तरफ देखती रही। वह ओझल हो गया, तो अलका उसकी पीठ के खयाल में ही डूबी रही—उसे लगा, जैसे वह इस पीठ से माफी मांग रही हो।

पन्द्रह

कुमार के कमरे में लटका हुआ कैलेंडर कई दिनों से कुमार की ओर देख रहा था, और कुमार उसकी ओर। कैलेंडर की ओर देखते-देखते कुमार कभी यह सोचता कि आनेवाली आठ तारीख इतनी जल्दी क्यों आ रही थी, और उसका दिल चाहता था, कि वह तारीख कहीं रास्ते में ही अटक जाए, और कभी वह सोचता, कि आनेवाली आठ तारीख इतनी देर से क्यों आ रही थी, और उसका दिल चाहता, कि तारीख जल्दीं से आकर गुज़र जाए। कैलेंडर उसकी तरफ देखता रहता था, और देखते-देखते उसका दिल चाहता कि वह इस कमरे में से उठकर वहां चला जाए, जहां से कुमार को कभी किसी तारीख का पता न चले।

आठ शब्द याद आते ही कुमार को जाने क्या हो जाता। एक दिन हरिया ने आकर जब आठ आने मांगे तो कुमार काफी देर उसके चेहरे की तरफ देखता रहा।

"अट्ठ बजी गए बाबूजी?" एक दिन सुबह लकड़ियों का गट्ठा ले जाते हुए पहाड़िये ने कुमार से पूछा, तो कुमार का पांव ठिठककर पत्थर से जा टकराया।

कुमार कई दिनों से एक तस्वीर बना रहा था। तस्वीर में एक चन्द्रमा अपने पूरे जलाल में था। नीचे एक पानी का तालाब था। उसमें चांद की परछाईं भी चन्द्रमा की ही तरह भरपूर जलाल में थी। तालाब के किनारे पर कुछ लम्बे पेड़ थे, और पानी में उनके काले साये तैर रहे थे। यह तस्वीर करीब आठ फुट लम्बी थी। कुमार ने जब तस्वीर खतम की, तो कमरे की सबसे बड़ी दीवार पर लटकाकर उसे दूर से देखने लगा। उसे महसूस हुआ कि तस्वीर पर बड़े आकार में 'आठ' का अंक लिखा हुआ था। आसमान के चन्द्रमा का गोल दायरा, और पानी में उसकी परछाईं। पर उसकी आंखें इस विचार के प्रतिकूल जब तस्वीर की ओर देखती थीं, तो उन्हें आठ का अंक

दिखाई देता था। तस्वीर की ओर देखते-देखते कुमार ने देखा कि तस्वीर के पेड़ भी आठ ही थे। चार तालाब के किनारे पर उगे हुए पेड़ थे, और चार उनके पानी में तैरते साये। कुमार ने घबराकर वह तस्वीर दीवार से उतार ली।

कुमार ने नया कैनवस लेकर एक और तस्वीर बनानी शुरू कर दी। इस तस्वीर में एक अंधेरे का आलम था। एक मुसाफिर इस अंधेरे में रास्ते पर चल रहा था। क्षितिज की केवल हल्की-सी रेखा उस मुसाफिर को दिखाई दे रही थी। मुसाफिर का सारा शरीर अंधेरे में लिपटा हुआ था। पर उसके पैर रोशनी में भीगे हुए थे। कुमार ने इस मुसाफिर के पैरों को उजले रंगों में बनाया। जितने कदम वह मुसाफिर चल चुका था कुमार ने उन पैरों के निशान भी उजले बनाए। तस्वीर को खत्म करके कुमार ने जब उसे कमरे की दीवार पर लगाया तो उसकी तरफ देखते-देखते कुमार को लगा कि तस्वीर का मुसाफिर चल नहीं रहा था, अपने पैरों पर खड़ा का खड़ा रह गया था। कुमार ने उन उजले कदमों की ओर देखा, जो कदम वह मुसाफिर चलकर आया था। कदम पूरे सात थे। आठवें कदम पर वह मुसाफिर चलने से रुक गया था। कुमार ने कांपते हाथों से उस तस्वीर को दीवार से उतार लिया, और नया कैनवस लेकर एक और तस्वीर बनाने लगा।

इस नई तस्वीर में कुमार ने खास ध्यान रखा कि किसी तरह भी पेड़ों और कदमों की तरह कोई ऐसी चीज नहीं बनाएगा जिसे गिना जा सके। इस तस्वीर में उसने एक लड़की इस तरह का बनाई, जिसका संबंध एक अलग दुनिया, और अलग किस्म की ज़िन्दगी से था। लड़की के इस तरफ उसने संगमरमर की जाली की एक बहुत ऊंची आड़ बना दी। जाली की यह आड़ एक दुनिया को, और एक ज़िन्दगी को अलग-अलग कर रही थी।

कुमार ने ऐसी तसल्ली से इस तस्वीर को बनाकर जब दीवार पर टांगा, और खुद दरवाज़े की चौखट पर खड़ा होकर दूर से इस तस्वीर को देखने लगा, तो उसकी आंखें चकित रह गईं। संगमरमर की जाली के सारे सुराख एक-दूसरे से मिलकर इस तरह के आकार में ढल गए थे जैसे पूरे के पूरे कैनवस पर सैकड़ों 'आठ' लिखे हुए हों। 'आठों की लम्बी कतार थी, कतार के नीचे एक और कतार! उसके नीचे एक और कतार, उसके नीचे एक और कतार...! ..

कुमार ने सिर झुकाकर दीवार की ओर से मुंह फेर लिया, जैसे उसने अपने-आपसे मुंह फेर लिया हो।

हरिया कई बार बैठे-बैठे अपने देश का एक गीत गाया करता था, "बार बजि गए हो, राजे दीयां घड़ीयां बारां बजि गए हो!' कुमार ने यह गीत कई बार सुना था। इसे सिर्फ हरिया ही नहीं गाया करता था, गड़रिये भी गाया करते थे। कोई-कोई तो इसे बांसुरी पर बजाया करता था। कुमार ने कभी इस गीत की तरफ ध्यान नहीं दिया था। आज हरिया से यह गीत सुनकर उसे लगा कि इस गीत की पृष्ठभूमि में कोई दर्द-भरी कहानी थी। इस घाटी में कभी इस तरह के बारह बजे होंगे, कि सारी घांटी कांप उठी होगी। इस घटना को जाने कितने वर्ष हो चुके होंगे। शायद एक सदी गुज़र चुकी हो। पर बारह बजे घटित हुई कहानी आज भी इस घाटी के लोगों को याद थी। जैसे वे आज भी जब घड़ी की तरफ देखते हैं, उन्हें बारह बजने से भय आने लगता है।...

"हरिया!"

"हां बाबूजी।"

"यह तुम क्या गा रहे हो-बारां बजि गए?"

"एक साढे देसे दा गौन ए!"

"बारह बजे क्या हुआ था?"

"बारह बजे मोहने ने फांसिए चढ़ना सी!"

"यह मोहन कौन था?"

"फुल्ला लद्दीयां बाड़ियां विच राजे दा माली सी।"

"राजे ने उसे फांसी का हुक्म क्यों दे दिया?"

"एह राजे दी रानी कीयां हार दिंदा सी।"

"और क्या करता था?"

"पंजरंगी मुरली बजांदा सी।"

"फिर राजे ने उसे फांसी लगा दिया?"

"नहीं बाबूजी! इसद धस्मे दे भार नाल तखता टुटी गया!"

"ओ...! ..."

कुमार जब हरिया से यह कहानी सुनकर दूर के पेड़ों की तरफ देखते हुए नीचे गया तो वह सोच रहा था, 'मोहने ने किसी रानी के रूप की पूजा की होगी, रानी के श्रृंगार के लिए उसने फूलों के हार पिरोए होंगे, राजा को उन फूलों में से मुहब्बत की खुशबू आई होगी, और राजा ने फांसी का हुक्म सुना दिया! मुहब्बत करना मोहने का कसूर था; यही कसूर उसका धर्म बन गया, और धर्म के भार से फांसी का तखता टूट गया...मैं इससे बिलकुल उलटा खेल खेल रहा हूं...मैंने मुहब्बत को धर्म नहीं बनाया, शायद इसीलिए मेरे भार से कुछ नहीं बनता। मेरे सारे दिन, सारी रातें इस तरह हो गई हैं, जैसे मैं फांसी के तख्ते पर खड़ा होऊं...! ...'

घड़ी की सुई ने जैसे धीरे-धीरे सरकते हुए वही बारह बजा दिए थे, जब मोहने ने फांसी लगना था। उसी तरह समय की सुई धीरे-धीरे सारे दिन गुज़र गई, और आखिर आठ तारीख पर आ पहुंची।...

कुमार को याद आया कि कई वर्ष पहले जब वह बम्बई पढ़ता था, तो वह एक बार समुद्र में नहाने के लिए गया था। उस दिन उसने पहली दफा समुद्र में पांव रखा था। वह कितनी ही हंलकी-हलकी लहरों के थपेड़े अपनी पीठ पर महसूस करता रहा। कभी उसके पैर उखड़ जाते थे, कभी समुन्दर का सलोना पानी उसके नाक और मुंह में चला जाता था। वह कितनी ही देर छोटी-छोटी लहरों में खड़ा रहा था। नहाते-नहाते वह पानी में और आगे बढ़ गया था, और फिर अचानक एक बहुत बड़ी लहर उसपर चढ़ आई थी। वह बौखला उठा था। उसे लगा था कि यह लहर उसे बहाकर ले जाएगी।..एक और आदमी उससे कुछ फासले पर नहा रहा था। उसने पास आकर कुमार का हाथ पकड़कर उसे ऊपर उछाल लिया था, और लहर पैरों के नीचे से गुज़र गई थी। उसने कुमार को बताया था, कि इस तरह की ऊंची लहरों के आने पर या तो अपने पैर उठाकर लहर पर सवार हो जाना चाहिए, और या नाक-मुंह बंद रखकर लहर को अपने सिर पर से गुज़र जाने देना चाहिए। और कुमार ने सोचा, कि अगर वह आठ तारीख की इस ऊंची लहर पर सवार होकर पार नहीं हो सकता, तो उसे अपना नाक-मुंह बंद कर लेना चाहिए, और इस लहर को अपने सिर के ऊंपर से गुज़र जाने देना चाहिए।

कुमार अपने चक्क की पगडंडी पर चलता बड़ी सड़क पर आ गया। इस सड़क पर से अक्सर सैलानियों की मोटरें गुज़रती थीं। कई बार कुछ सैलानी

अपनी मोटरें सड़क पर छोड़कर कुमार का स्टुडियो देखने के लिए चक्क की पगडंडी उतर आते थे। मन्दिरों के झरनों की तरह इस घाटी में कुमार को स्टुडियो भी दर्शनीय समझा जाता था। कई बार कुछ लोग कुमार से शहर का कोई काम भी पूछ लेते थे।–आज कुमार को सड़क पर आकर किसी सैलानी की शहर की ओर जाती मोटर तो दिखाई न दी, पर फौजियों की एक जीप ज़रूर मिल गई। फौजियों ने बताया कि उन्हें पठानकोट तक जाना था। कुमार उनकी जीप में बैठकर पठानकोट की तरफ चल दिया। जीप पालमपुर पहुंची तो कुमार ने पठानकोट जाने का इरादा छोड़ दिया। वह पालमपुर ही उतर गया।

'जैसा पठानकोट वैसा पालमपुर!' कुमार ने मन में कहा, और उस गली की तरफ चल दिया। वहां पहुंचकर कुमार ने सोचा था, कि वह नाक-मुंह बंद कर किसी औरत के जिस्म में इस तरह खो जाएगा कि आठ तारीख की ऊंची लहर उसके सिर के ऊपर से गुज़र जाएगी। कुमार को विश्वास था कि वह पानियों में अडिग खड़ा रह जाएगा, और वह आसानी से किनारे की रेत पर लौट आएगा।

पालमपुर के बाज़ार में बैठनेवाली औरतों को ज़्यादा आमदनी की उम्मीद नहीं हुआ करती थी। इस रास्ते से होकर गुज़रनेवाले फौजी उनका एकमात्र सहारा थे। बड़े अफसर उस तरफ कम ही आते थे, क्योंकि उन्हें पाठानकोट में यहां से अधिक सहूलियतें मिल जाती थीं। इसलिए आम किस्म के ग्राहकों की अभ्यस्त ये औरतें जब कभी ऐसे आदमी को देखती जिससे उन्हें ज़्यादा आमदनी की उम्मीद होती तो वे खास तौर से उसका स्वागत करतीं। कुमार का स्वागत भी इस तरह हुआ, जैसे एक मुद्दत के बाद किसी वाकिफ के घर में आया हो।

चन्द्रावती की आयु को अल्हड़ कहा जा सकता था, पर उसकी कोई भी अदा अल्हड़ नहीं थी। कुमार ने शराब पीने से इनकार कर दिया, तो चन्द्रा ने मुस्कराकर कुमार के सामने से गिलास हटा लिया। कांच के एक प्याले में उसने फलों का रस डालकर कुमार के पास रख दिया, और उसके पैरों से बूट उततारकर उसकी जुराबें उतारने लगी।

चन्द्रा की ठंडी-ठंडी उंगलियां जब कुमार के कसे हुए बदन से छुईं, तो कुमार को लगा जैसे नींद आ रही हो।

चन्द्रा ने सेमल की रुई से भरा हुआ एक तकिया पलंग पर रख दिया। कुमार ने तकिये पर सिर रखकर चन्द्रा से पूछा, कि अगर आज उसका विवाह होना हो तो वह केसे कपड़े पहनेगी। उसने चन्द्रा को वैसे ही कपड़े पहन लेने के लिए कहा, और 'चांदी के वे सारे गहने भी पहनने को कहा, जिन्हें विवाह के दिन पहना जाता है।

चन्द्रा चुप रही। साथ ही कोठरी में जाकर उसमे अपना बक्स खोला। चन्द्रा ने हरी छैल की चूड़ीदार सलवार पहनी। दरियाई किनारीवाला कुर्ता पहना, पांव में पायल, और नाक में चांदी की एक छोटी-सी नथ पहनकर जब वह कुमार के पास आई तो कुमार सो चुका था।

पायल की खनक से कुमार ने अपनी अलसाई आंखें खोलीं, और देखा कि चन्द्रा उसके पायताने इस तरह सिमटकर बैठ गई थी जैसे वह अभी-अभी डोली में से निकालकर लाई गई हो।

कुमार ने हाथ पकड़कर चन्द्रा को पायताने से उठाया। पर चन्द्रा को अपनी बांहों में लेते हुए उसे महसूस हुआ जैसे वह कपड़ों की बनी एक गुड़िया से खेल रहा हो।

चन्द्रा ने नाक में पहनी हुई नथ को अपनी उंगलियों से थाम लिया। नथ का मोती शायद उसे भारी लग रहा था। कुमार ने चन्द्रा की ओर देखा, और उसे लगा, कि चन्द्रा विवाह का यह स्वांग भरते-भरते ऊब गई थी।

'यह स्वांग किसलिए।' कुमार को खयाल आया, और उसने अपने-आपको घूरकर देखा, 'मैंने चन्द्रा को अलका का स्वांग भरने के लिए क्यों कहा था? मैं यह क्या कर रहा हूं!"

'आज ही नहीं, तुम हमेशा ही इस तरह करते हो!' कुमार को लगा, जैसे बाहर से किसी ने कुछ कहा हो, पर उसके अन्दर बैठकर उससे कोई कह रहा था। तुमने अलका को भी कभी उस तरह कबूल नहीं किया, जैसे तुम्हें करना चाहिए था। तुम अलका में हमेशा एक वेश्या का भ्रम खाते रहे, और आज एक वेश्या में अलका का भ्रम खाना चाहते हो...तुम यह क्यों नहीं समझते कि वह यहां भी बैठी हुई है, तुम उसके पास बैठे हुए हो, और तुम यहां भी खड़े हो, वह तुम्हारे पास खड़ी है...'

'...पानी में कभी रेखा नहीं खिंचतीं। रेखा का भ्रम होंता है, पर रेखा

नहीं! ...तुम अब तक पानी को तोड़कर देख रहे हो...'

पानी टूट नहीं सकता था; पानी का बांध टूट गया। दिल के पानियों में जाने कैसा वेग आया। इसी पानी के ज़ोर में से एक बिजली पैदा हुई। मुहब्बत और नफरत की तारों ने मिलकर इस बिजली को जगा दिया, और इसकी रोशनी में कुमार को लगा कि अलका उसके पास थी। अलका उसके अन्दर भी थी, और अलका उसके बाहर भी थी। कुमार ने चन्द्रा की मूंठ रुपयों से भर दी। ये रुपये चन्द्रा से आज के स्वांग के लिए माफी मांग रहे थे।

कुमार गली में से होता हुआ बड़े बाज़ार में आ पहुंचा, और पपरोला को जा रही बस में बैठ गया।

बस के पपरोला पहुंचते-पहुंचते अंधेरा गहरा हो गया था। डेढ़ मील अभी और बाकी था। पर कुमार जल्दी-जल्दी पांव उठाता हुआ अपने चक्क की तरफ इस तरह बढ़ा जैसे वहां उसका कोई इन्तज़ार कर रहा हो।

चक्क की कच्ची पगडंडी से उतरकर कुमार सीधा झुग्गियों की तरफ चला गया। जिस झुग्गी में अलका ने दीयों के बहुत-से आले बनाए हुए थे, कुमार ने उस झुग्गी में जाकर सब दीये जला दिए। झुग्गी की दीवार झिलमिला उठी। कच्ची उचान पर ऊन का गलीचा बिछा हुआ था। कुमार जब उस गलीचे पर बैठा तो उसे लगा जैसे आज उसके विवाह की पहली रात हो। अलका कहीं नहीं गई थी, अलका उसके पास थी। अलका उसके अन्दर थी। ...और फिर कुमार ने उस दीवार की ओर देखा, जिस दीवार पर अलका ने पानी की लहरें बनाकर पानी में एक रेखा खींची हुई थी। कुमार के दिल में आया, कि वह अभी रंग और ब्रश लेकर पानी में खिंची हुई रेखा को मिटा दे...! ...

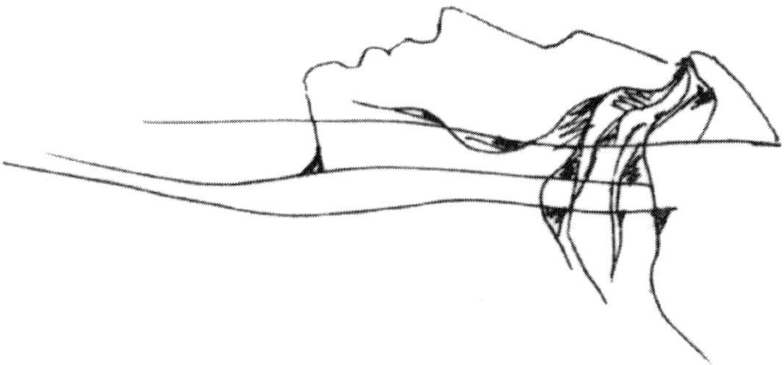

सोलह

अलका ने कोठी के बगीचे में एक ऊंची जगह पर पत्थर की एक शिला रखी हुई थी। इस शिला पर वह शाम को चाय के प्याले रखकर अपने पिताजी को आवाज़ देकर बुला लेती थी। पिताजी रोज़ नियमपूर्वक छः बजे चाय पीते थे, और फिर सैर करने के लिए चले जाते थे। अलका उनके आने तक बगीचे में ही बैठी रहती थी।

आज पिताजी को गए कुछ ही देर हुई थी। जगदीशचन्द्र कोठी के बाहरी दरवाज़े में से धीरे से अलका के पास आ गया। अलका चाय के खाली प्याले उठा रही थीं।

"आप!"

"मैं कित्तनी देर से उस तरफ मोड़ पर खड़ा हुआ था। पिताजी के चले जाने पर अन्दर आने की सोच रहा था।"

"पिताजी ने आपको आने से कभी नहीं रोका।"

"पर मैं तुम्हें अकेले में मिलना चाहता था।"

"बैठिए।"

"बैठने का अधिकार मैंने खो दिया है, पर आज मैं वही अधिकार लेने आया हूं..."

"आप अभी तक वापस नहीं गए?...आज पंद्रह तारीख हो गई है..."

"वापस जाना चाहा था, जा नहीं सका...अलका!"

"जी!"

"मैं उस दिन जब रात के अंधेरे में यहां से चला गया था..."

"मैंने आपको जाते हुए देखा था।"

"तुमने उस दिन क्या सोचा होगा?"

अलका ने हंसकर कहा, "जहां तक आपकी पीठ दिखाई देती रही, मैं आपकी पीठ की तरफ देखती रही, और उससे माफी मांगती रही।"

"माफी तो उसे मांगनी चाहिए, जो पीठ करके चला जाए!"

"आप किसी की तरफ पीठ करके जानेवाले नहीं थे; जाने के लिए मैंने आपको मजबूर किया था, इसलिए मैं आपकी पीठ से माफी मांगती रही..."

जगदीश ने एक गहरा सांस लिया, और अलका की तरफ देखते हुए बोला, "न कोई तुम्हारी तरह सोच सकता है, न कोई तुम्हारी तरह बोल सकता है! अब तुम समझी हो कि मैं जाकर भी क्यों नहीं जा सका। लगता था दुनिया में हुस्न भी बहुत मिल जाएगा, जवानी भी मिल जाएगी, पर यह जो मैंने तुममें देखा है, वह मुझे कभी नहीं मिलेगा!"

अलका कुछ नहीं बोली। उसने सिर झुका लिया।

"यह जो आठ तारीख गुज़र गई है अलका, वह मुझे लौटा दो!"

"तारीख तो लौट सकती है, पर ..."

"अब मैरे मन में कोई 'पर' नहीं रहा, और न तुम्हारे मन में रहेगा।"

"क्यों?

"क्योंकि उसका कारण नहीं रहा।"

"कारण उसी तरह है, जैसे पहले था।"

"नहीं अलका, अब वह कारण नहीं रहा। तुम्हें एक अपनी चोरी बताऊं?"

"क्या?"

"मैं तुमसे भी पूछ सकता था, पर पूछा नहीं था। खुद ही सोचता रहा, कि आखिर वह कौन-सा आदमी था, जिसे तुम इतना प्यार करती थीं!"

"आप पूछते, मैं बता देती।"

"मैं खुद ही सोचता रहा। जो सोचा था, ठीक निकला।"

"उनका नाम कुमार है।"

"मुझे पता है।"

"पर यह पता लगने-भर से कारण कैसे मिल गया?"

"मैं वहां गया था, चक्क नम्बर छत्तीस में, उसे देखने के लिए।"

"फिर?"

"जब मैंने उसे देखा, वह होश में नहीं था, इसलिए मुझे यह मालूम नहीं कि वह कैसा आदमी था। अच्छा ही होगा। पर..."

"वे बीमार हैं?"

"मेरा खयाल है कि अब तक ज़िन्दा नहीं होगा। डाक्टरों ने बताया था, कि मुश्किल से दो रातें और गुज़रेंगी। यह कल सुबह की बात है।"

अलका पत्थर की तरह पत्थर की शिला पर बैठ गई।

"अलका, तुम यह मत सोचना कि मैं उसकी मौत से खुश हो रहा हूं... बल्कि डाक्टर ने जो दवा लिखकर दी थी, वह वहां कहीं से न मिल सकी। मैं आते हुए पठानकोट से वह दवा भिजवाकर आया हूं...मैंने यह बिलकुल नहीं चाहा था कि वह ज़िन्दा न रहे..."

"उन्हें क्या तकलीफ थी? छाती में दर्द था?" अलका शिला से इस तरह उठ खड़ी हुई, जैसे अभी कुमार के पास चल देगी, और उसे बचा लेगी।

"हां, छाती में दर्द था। चेतू ने बताया था कि बाबूजी को यह दर्द पहले भी हो जाया करता था...पर इस बार बुखार भी हो गया था, और यही बुखार दिन-ब-दिन बढ़ता गया था।...वह शायद एक रात सर्दी में बैठकर झुग्गी की दीवार पर कोई तस्वीर बनाता रहा। झुग्गी की एक दीवार में दीयों के लिए बहुत-से आले बने हुए हैं। वह सारी रात दीये जलाकर एक तस्वीर बनाता रहा, तभी उसकी छाती में ठंड लग गई..."

"चेतू ने मुझे..."

"चेतू का इसमें कोई कसूर नहीं, अलका! वह यहां आकर तुम्हें खबर देना चाहता था, पर कुमार ने आने नहीं दिया।"

"मुझे आप बता देते.. "

"यह मेरे जाने से पहले की बात है, अलका! मुझे सिर्फ चेतू ने, और उसकी बेटी ने बताई थी।"

"पर...,,

"मेरा खयाल है कि उसकी दिमागी हालत ठीक नहीं थी। मुझसे ज़्यादा तुम्हें पता होगा...वह शायद शुरू से ही कुछ इसी तरह था..."

"किस तरह?..."

"चेतू कहता था, कि बाबूजी को यह मालूम ही नहीं कि तुम अमृतसर चली आई हो।"

"क्या?"

"वह समझता था कि तुम अभी तक अपनी झुग्गी में रहती हो ...तुम वहां एक झुग्गी में रहती थीं न? मैंने वे झुग्गियां भी देखी थीं..."

अलका जगदीश की ओर देखने लगी।

"मैं ठीक कह रहा हूं, अलका! अगर वह ज़िन्दा भी रहता, या अब भी किसी तरह बच जाए, तो मैं जो कुछ उसके बारे में सुन आया हूं, उससे मुझे बिलकुल यह डर नहीं रहा कि वह कभी हमारी ज़िन्दगी में कोई दखल दे सकता है।"

"वे बच जाएंगे?"

"बचने की बात मैंने यूंही कही है, अलका! मुझे डाक्टर ने खुद ही बताया था कि वह बच नहीं सकता...पर तुम यह मत सोचना कि मैं उसकी मौत से खुश हूं...मैं अब भी चाहता हूं कि वह बच जाए...पर जिस आदमी की दिमागी हालत ठीक न हो, वह बचकर क्या करेगा!...वैसे वह आर्टिस्ट बहुत अच्छा है, मैंने उसकी तस्वीरें देखी थीं।"

"दिमागी हालत?"

"उसे शायद किसी जिन्न-प्रेत की कसर थी। यह मेरा खयाल नहीं अलका! मैं किसी जिनन-प्रेत को नहीं मानता। चेतू चाचा ऐसा सोचता था. ..उसने बताया था कि बाबूजी बैठे-बैठे किसीसे बातें करते रहते थे; और कई बार अपने पलंग की ओर हाथ करके चेतू को पूछते थे, कि उसे पलंग पर बैठी हुई जिन्नी दिखती

थी या नहीं...क्या नाम है चेतू की बेटी का, नाथी? वह भी यही कहती थी कि बाबूजी को पैरों का कोई वहम पड़ गया था। वे उससे पूछते थे कि जिन्नी के पैर उलटे होते हैं या सीधे?...और या नींद में कहते थे, कि पानी में रेखा नहीं खिंचती, रेखा का भरम होता है...यह सब शायद बुखार की वजह से होगा।"

अलका ने मुंह घुमा लिया। एक हाथ से उसने पत्थर की शिला को कसकर पकड़ा हुआ था। आंसुओं की जितनी भी बूंदें अलका की आंखों से टपककर पत्थर की शिला पर गिरीं , शिला को लगा कि वह इन बुंदों से पिघल जाएगी।

"अलका!" जगदीश ने पास होकर अलका के कन्धे पर हाथ रखा। "जी!"

"मैं जानता था तुम्हें दुख होगा। आखिर तुमने कभी उसे इतना प्यार किया था। पर यह तुम्हारे और मेरे बस की बात नहीं। जाने उसकी किस्मत कैसी थी! वह तुम जैसी लड़की से प्यार न कर सका। पता नहीं उसके मन में क्या था। पर अब शायद यह बात ही खत्म हो गई।"

अलका से बोला न गया। उसने इन्कार में सिर हिला दिया, जैसे वह कह रही हो, 'यह बात अभी खत्म नहीं हुई, यह बात कभी खत्म नहीं होगी!"

"अलका!"

"जी!"

मैं तुम्हारे दुख को समझता हूं, अलका! इसलिए मैं विवाह में धूम्रपान नहीं करूंगा। कल या परसों हम पन्द्रह मिनटों में यह रस्म कर लेंगे, फिर मैं तुम्हें सीधा..."

"मेरा विवाह हो चुका है, जगदीश!"

"अलका!"

"काफी देर हुई, मेरा कुमार से विवाह हुआ था। पर वे सोचते थे कि पानी में रेखा खिंच सकती है। अब उन्हें मालूम हो गया है, कि पानी में रेखा नहीं खिंचती। इसलिए मैं रात की गाड़ी से उनके पास चली जाऊंगी-अपने घर चली जाऊंगी..."

"पर अलका, वह तो..."

"वे ज़रूर ज़िन्दा होंगे!"

"तुम यह भी देख लो जाकर, खुद जाकर देख लो। पर अगर तुम्हारे जाने तक कुमार ज़िन्दा न हुआ..."

"फिर भी मैं वहां अपने घर रहूंगी"...